CHUNFENG QIAOMEN
YANGGUANG RUHU

宁夏主题出版重点出版物扶持项目

春风敲门，阳光入户

李兴民——

著

黄河出版传媒集团
阳光出版社

图书在版编目（CIP）数据

春风敲门，阳光入户 / 李兴民著. －－ 银川：阳光
出版社, 2023.12
ISBN 978-7-5525-7194-3

Ⅰ.①春… Ⅱ.①李… Ⅲ.①纪实文学－中国－当代
Ⅳ.①I25

中国国家版本馆CIP数据核字(2024)第020509号

春风敲门，阳光入户　　　　　　　　　李兴民　著

责任编辑　李媛媛　赵维娟　杨　皎
封面设计　晨　皓
责任印制　岳建宁

黄河出版传媒集团
阳　光　出　版　社　出版发行

出 版 人　薛文斌
地　　址　宁夏银川市北京东路139号出版大厦（750001）
网　　址　http://www.ygchbs.com
网上书店　http://shop129132959.taobao.com
电子信箱　yangguangchubanshe@163.com
邮购电话　0951-5047283
经　　销　全国新华书店
印刷装订　宁夏凤鸣彩印广告有限公司
印刷委托书号　（宁）0027827

开　　本　710 mm×1000 mm　1/16
印　　张　12
字　　数　140千字
版　　次　2023年12月第1版
印　　次　2023年12月第1次印刷
书　　号　ISBN 978-7-5525-7194-3
定　　价　40.00元

目 录
CONTENTS

春风敲门，阳光入户

情未了，像春风走来；爱无言，像雪花悄悄离去。彼此间我们也许不曾相识，但爱的故事让我们在一起。在宁夏西海固一个小山村担任第一书记、扶贫工作队队长期间，和贫困群众手牵手，心连心，共谋脱贫，记下我们在一起的点滴故事。

—— 题记

1

已经到初冬时节了，村里父老乡亲们的庄稼基本都收割归仓了，而老罗家的 10 来亩玉米还在地里撂着，显得有些扎眼。通过这几天的进户，我了解到老罗老两口双双病着，孩子远在内蒙古打工，还没有回来。

这些玉米总不能就这样一直撂着。

我和镇上一起进户的老余商量并很快达成一致的意见——帮老罗收玉米。

我和老余都是农村出身，干农活难不住我们。从老罗家拿上工具，很快在田间开始劳作。一起进村入户的官厅镇农业服务中心的干部们也撸起了袖子，挽起了裤管。

在石庄村的梁峁上，一群帮扶干部，弯腰，埋头，挥镰收割玉米的姿势，成了一道动人的风景。

老罗老两口煮熟了一锅洋芋，烧开了两壶开水，送到地里。大家一起盘腿坐在地头上，一起吃洋芋，一起开心。

2

我和扶贫队员雷新华一起打扫村部的卫生。当兵出身的老雷十分细心，收拾完卫生后又要洒水。但是村部没有水，老雷就到附近农户家提来几桶水，村部的两个房间、大院，还有村部大门前的一段小道，洒过水后都显得十分干净。

村部干净了，我们顿觉神清气爽。老雷建议要经常性地组织村、组干部和党员群众开展村庄环境综合整治活动，这个建议与我的想法不谋而合。通过我们积极争取，派驻单位的大力支持，石庄村环境整治项目正在实施。但这还远远不够。今后，一方面要进一步做好规划设计，在石庄村净化、硬化、绿化、亮化、美化上下大气力；另一方面要通过向全体农户印发倡议书等形式，引导各农户积极参与村庄环境整治，并以主人翁态度对自家院落、庭前屋后长期清扫保洁。

推进精准扶贫、精准脱贫，从打造"美丽石庄"开始。

3

正和村"两委"成员开会研究村务，村部进来一位老者，情绪较为激动，嚷着要危房改造资助项目。通过详细了解，该老人叫马全花，82岁高龄，无固定收入来源，家里生活非常困难，在村庄的老宅破旧不堪，无法居住，近几年在城里租房居住。当然，所谓的租房，不是楼房，而是城乡接合部的民房。石庄村离市区大约半个小时车程，该村40%左右的农户季节性外出。按照不成文的规定，不是村里的常住户不能享受村里的各项优惠政策。

　　近期在下乡过程中，和其他单位下派的第一书记交流，大家都有一个共同的疑惑。就是很多行政村有大部分农户一年之中既在村里阶段性务农，也阶段性外出，特别是一些离城镇较近的农户，既为了孩子享受较为优质的教育资源，在城镇棚户区租房照顾子女上学，又寒、暑假甚至周末回家在农村种地。但在很多行政村，都将这一类农户排除在享受农村诸多优惠政策的行列之外。同样，在城镇，这一类人群也享受不到任何关于城镇居民的优惠政策。其实这些外出的人，是勤快人，是致富愿望强烈的人，是有希望脱贫的人，更是需要各种优惠政策扶持的人。将这些贫困户未列入建档立卡户，导致了部分贫困群众产生社会不公的心理，从而上访现象较多；有部分因家庭贫困才外出务工，但在实际操作中却不能纳入贫困户范围。同时，这部分农户多数愿意移民搬迁，由于进不了精准扶贫建档立卡贫困户，造成这部分贫困户移民无法搬迁。

　　我想，以后要多呼吁有关单位完善政策措施，积极争取，为类似于马全花老人家的贫困群众多争取一些扶持。

　　马全花老人走出了村部，看到她苍苍凉凉的背影，我忽然有一些难受。我随身也没带过多的钱，就从口袋掏出 300 元钱强塞到老人手中。这点钱只是我个人的一点心意，根本解决不了什么问题，长远怎么解决，该是全社会需要迫切深入思考的一个问题。

4

　　包抓石庄村扶贫的副市长来村上调研工作。

　　我和村支书陪同副市长进了 10 余户建档立卡贫困户，领导同志在进户过程中详细询问老百姓生产生活情况，鼓励贫困群众发展产业，脱贫致富奔小康。

在副市长调研过程中，我系统地向副市长汇报了当前村上脱贫攻坚工作进展情况和存在的困难，特别提出村上计划建设文化广场，资金缺口大，没有想到副市长当场答应，协调解决村文化广场建设经费10万元。

文化广场建设经费终于有了着落，也算是我驻村扶贫以来的一件大事情，值得记下。

近期，各级领导密集来村上调研，市城管局的主要领导来村上时，表态给村上核拨环境整治经费1.5万元。

帮扶单位联户帮扶的同事们也下沉到村里来了。都争先恐后，真金白银地为建档立卡贫困户办好事办实事，都是自掏腰包——

马凤贤拿出工资5000元，帮马志科看病，帮苏满昌购买米面油，帮马建安新购基础母羊。

李耀星拿出工资3000元，帮刘世兴、郭连福新购基础母羊。

马志德拿出工资1000元帮助贫困户海木沙新购基础母羊。而马志德家里正供养着两名大学生，妻子在市区当环卫工人，经济并不宽裕。

还有一连串闪亮的名字在此我就不一一列举了。

我大致算了一笔账——

园林管理所的同志们自掏腰包共计3万余元投入扶贫。

监察支队的同志们自掏腰包2万余元投入扶贫。

整个城管系统，包括路灯管理所、数字化指挥中心、局机关的同志们自掏腰包累计超过了10万元。

我可爱可敬的同事们，隔上一段时间，就下来到村上——王忠杰给贫困户海宽打扫院落卫生，马生宏给郭忠团送来家兔养殖技术手册，林宝成直接走进单克忠家的牛圈清理牛粪，等等。

精准扶贫，各级干部都把责任扛在了肩上。

我把城管系统干部联户帮扶的实际行动整理了一份简报上报。没想到，引起了市委领导的关注。市委副书记作出批示："市城管局在包抓帮扶贫困村工作中，有很多具体务实的措施办法。市扶贫办可以通过简报的形式反映，示范带动其他单位共同做好这项工作。"

市委领导的关注与批示，给我们帮扶干部鼓舞了士气，激励了进一步落实好帮扶工作的信心。

驻村扶贫工作，尤其是干部联户帮扶初步打开了局面，关键是下一步怎么办，还是要进一步谋划好思路。

5

通过进村入户了解群众生产生活情况，我发现石庄村传统养殖基础还是很有潜力的。致富带头人单克海带着我走进他的养牛圈棚，23头牛让我眼前一亮。但是，单克海还是和我诉苦：缺少草料、饮水困难、低压线没有进户，想扩大养殖规模但是贷款难，等等。我们此前也曾组织石庄村一些养殖大户去过盐池等地考察学习过，群众眼界开阔后，致富的想法也多了，这是好事。但是究竟如何通过致富带头人带动全村养殖业的发展，也是一个课题。

"庄农汉不离地头，买卖不离集头。"单克海近期卖出了3头牛，每头均价1.1万元，我们一起通过计算成本，每头牛获利1000元左右。说好，利润也不大，说不好，也就是没有赔本而已。类似于单克海养牛的问题，如何更好地增收，有些是需要养殖户自己解决的，有些是我们驻村第一书记应该协调争取的。

6

大雪飞扬，寒风凛冽，冬日的山村被白雪覆盖。我们在石庄的山道上行走，路很滑，连日来，我们可以说是在冰天雪地里过一道山迈一道沟步行进户工作。官厅镇的包村干部、石庄村的支书、主任，包括我们驻村扶贫工作队的人员，挨家挨户走进贫困户完善建档立卡和"扶贫云"信息系统录入。我长期在市直部门工作，近几日才体验了基层干部的辛苦，最近大家可以说都是"5+2""白＋黑""8+X（小时）"地开展工作。

二组的贫困户全部进户结束了。我们正在商量下一步该去几组进户。"吃肉要吃羊肋巴，听话要听党的话，书记走哪我们就走哪。"三组组长海生林的一句话，惹得大家开心大笑，扫去了连日的饥寒和疲惫。

7

村支书老罗当了二十余年的村干部，多年来，非常热衷为村民办好事办实事，群众口碑好。通过长时间的合作共事，我们都感觉到配合十分默契。在罗支书的提议和作为主要筹备人前前后后的奔忙后，为期两天的"迎新春"农民运动会今天终于圆满结束了。参与运动会各项活动的100余名农民群众也非常满意，运动会达到了预期的效果。为了办好此次运动会，之前在村"两委"议定该事项后，针对村上经费困难的实际，我积极向帮扶单位争取了经费支持。

通过农民运动会的圆满举办，使我深深体会到，要做好驻村帮扶工作，派驻单位领导重视和帮扶村村干部的得力两者不可或缺，也许这就是定点帮扶工作能否取得成效的关键因素。

第一书记必须当好派驻单位和帮扶村之间的"直通车"，并要在精准扶贫、精准脱贫的道路上高速行驶，不达目标不站点、不停歇。

8

我们石庄和邻村庙台，两个村地域相邻，村情相近，产业相似，我和庙台村的第一书记王维庄同志经过多次交叉调研，并与两个村的村干部一并商定：凝聚石庄、庙台力量，引导两村互动互助一体化发展。

这是一个大胆的思路，两个村的干部群众很支持，汇报到镇上，镇党委书记刘杏萍同志也很支持这个思路，鼓励我们大胆干，大胆闯，闯出联村合力脱贫攻坚的路子。

于是就有了两村合作的两个先期项目，可以说是浑然天成。

项目一：由我领队（原定我们两个村的第一书记共同领队，因王维庄同志临时有事出差北京），带领石庄和庙台两个村的村组干部、致富带头人、种养大户，先后到西吉县震湖乡立眉村、苏堡村，吉强镇龙王坝村、高同村，硝河乡硝河村，马莲乡张堡源村，原州区张易镇上马泉村、大店村等地观摩学习农村基层党建、美丽村庄建设、产业培育发展等方面的先进经验。观摩学习过程中，石庄、庙台两村干部群众一边对照先进经验，一边寻找自身差距，开阔了视野，激发了脱贫的内生动力。

项目二：在两个村联合实施了建档立卡户传统手工布鞋增收项目，共同争取相关企业订购农村手工布鞋，达成年度意向订单资金30万元，在两个村动员建档立卡贫困户、具有制作手工布鞋和民间手工特长的农户制作手工布鞋及其他民间手工制作产品，统一收购，统一外销，每双布鞋收购价300元以上，促进贫困户增加收入。这个项目已经初步见效，短期内建档户老陈卖出手工布鞋、鞋垫六千多元。项目整体情况看好。这个项目的实施过程中，两个村群众参与多，上级领导关注度高。镇党委书记刘杏萍同志向我和王维庄同志反馈，此事经她向原州区委书记做了汇报，区委书记给予肯定并要求我们持之以恒地把事办好。

那天，在全市第一书记工作交流会上，我和王维庄同志同时围绕"地域相邻，村情相近，产业相似的村互动互助一体化发展"这个课题从不同角度进行研讨发言。大家都觉得是个创新课题，也是一个值得再探索再实践的课题。

万株红梅杏，见证帮扶情。

为老百姓培育"红火、美满、幸福"的产业，种植红梅杏是首选，但是，为了发展这项产业，我们也没有少费周折。

首先要把项目争取来。这里还有一个小插曲，待石庄村村组干部和广大群众发展红梅杏产业的意愿形成一致意见时，我们多次到原州区相关部门协调争取项目支持，申请将石庄村列入红梅杏产业扶持项目村，但项目申报却被退了回来，有关部门的答复是，石庄村没有在产业整体规划范围区域内，且年度整体项目实施已经下达了计划，再安排项目已经迟了。针对这一情况，驻村干部赵具才同志多次上门找有关负责人。因为赵具才同志担任过原州区的县级领导，分管过林业口的工作，与原州区林业部门相关负责人及技术人员相对熟悉，为了给村上争来红梅杏项目，赵具才同志笑着说，搭上老面子跑项目，尽管待验收合格后，每株红梅杏进行定额补助只有5元。但是为了老百姓的产业发展和降低发展生产的成本，面子不重要，重要的是为老百姓办好事情。

"众人拾柴火焰高。"为了发展村上的红梅杏产业，为了落实城管局党组确定的干部联户帮扶方案，城管系统的帮扶干部可是拼了。他们积极加大力度帮助所帮扶的贫困户种植红梅杏，对贫困户自发种植红梅杏达到一亩以上的，在贫困户享受项目定额补助的基础上，帮扶干部同时自筹资金给予补助。

经统计，帮扶干部自筹资金落实红梅杏产业帮扶资金达2.28万元。

在红梅杏种植过程中，我在入户调查动员时，对个别特困户承诺给予苗木和资金双支持。于是，我积极联系相关园林绿化爱心企业给部分特困户捐赠红梅杏苗木380株。个别贫困户种植红梅杏，不仅没投入一分钱的成本，种上红梅杏后还得到了帮扶干部的补贴。

"帮扶干部自掏腰包帮我们,我们没有理由等靠要,脱贫还需要自己干。"四组的建档立卡户海军,撸起袖子,种植红梅杏1500株。我们看到群众发展红梅杏产业积极性高,因势利导,从技术指导、基础设施配套、倾斜帮扶等方面动员部分建档立卡户大面积种植红梅杏,充分发挥典范作用。

如今,石庄村的田间地头、山峁沟渠,220余亩1万余株新植的红梅杏长势良好,成为村庄里一道美丽清新的风景。

10

市委组织部和原州区委组织部联合在寨科乡召开了一个抓党建促脱贫攻坚方面的座谈会,参加会议的除市、区两级组织部门的负责人外,还有官厅、炭山、寨科、河川4个乡镇的党委书记、分管副书记,4个乡镇所有行政村党支部第一书记。

会议安排我作发言。

通过半年的工作实践和思考,我认为,脱贫攻坚是全社会的共同责任,更是扶贫工作队、驻村第一书记的第一要务和责任。于是,我以《倾情扶贫,助推脱贫,精准履行第一书记职责》为题,谈了自己对做好第一书记工作的几点看法。

发言内容整理如下:

要带着感情下基层。据我所知,在全市下派的驻村第一书记群体中,绝大多数出身农家,并且一部分干部就是出生于20世纪60、70和80年代的贫困户,我们对历经的贫困生活记忆犹新,我们对被称为不适合人类生存和发展的故乡非常熟悉。近期结合驻村扶贫工作,自己阅读了著名作家杨显惠的作品《夹边沟记事》和《定西孤儿院记事》,深感贫困是人类社会一个致命的伤痛。在当代中国,很多村庄特别是在我们六盘山地区还有一些极度贫困人口迫切需要社会力量进一步加大精准脱贫力度。既然现在我们又专门开展驻村帮扶，我们必须带着深厚的感情下基层，带着对"三农"问题的浓厚研究兴趣下基层，并扑下身子，甩开膀子，迈大步子做好驻村帮扶工作。

要立足村情施良策。在驻村后，我结合进户开展了大量的调研工作，制订完善了石庄村扶贫发展规划。特别是固原市和原州区脱贫攻坚誓师大会吹响决战决胜脱贫攻坚的集结号之后，我们进一步制定了帮扶单位领导包抓贫困村暨干部联户帮扶贫困户实施方案。通过规划、方案和具体细化安排部署的制定和实施，进一步推进了精准扶贫工作。我们帮扶单位干部职工将认真开展下基层"三同"活动，并组织开展养殖考察学习，实施绿化、亮化、硬化、净化工程，建设专门的扶贫工作室，推进定点帮扶持续深入。

要体察民情办实事。在去年的工作中，我积极争取帮扶单位投资 22.32 万元，建成石庄村文化广场 1 处，拉运 16 盏路灯，对公共场所实施亮化，慰问和救助 21 名学生、10 名困难党员、9 名困难群众。从帮扶单位抽调干部，帮助做好贫困户建档立卡和"扶贫云"信息系统的调查录入、低保核查、评级授信工作，今年帮扶单位的办实事计划正在有序开展，力争在 6 月底前取得较为明显的阶段性成果。

要奉献真情攀穷亲。我们帮扶单位建立了"555+X"干部联户帮扶模式（555 帮扶模式：5 个层级干部联户帮扶、精准帮扶 5 项产业，每户贫困户帮扶资金 500 元）。5 个层级干部联户帮扶：局主要领导帮扶 6 户贫困户；班子其他成员及处级干部每人帮扶 4 户贫困户；科室和基层单位主要负责人每人帮扶 3 户贫困户；副科级干部每人帮扶 2 户贫困户；一般干部每人帮扶 1 户贫困户；精准帮扶 5 项产业：立足石庄村产业发展现状，城管干部职工培育和支持该村养牛、养羊、养鸡、种植红梅杏、种植玉米 5 项产业发展。对新购一头以上基础母牛（8 月龄）、两只以上基础母羊（6 月龄）、十只以上生态鸡或蛋鸡（育成鸡）、新种植一亩以上红梅杏、种植两亩以上玉米的建档立卡贫困户予以资金补助；每户贫困户帮扶资金 500 元：城管干部职工个人为所帮扶的建档立卡贫困户每户筹集资金 500 元，补助所帮扶的贫困户发展上述 5 项产业中的一项，力促每户贫困户至少有一项增收产业；X 帮扶模式：其他各类帮扶项目和措施。除明确补助标准的五个产业之外，结合"三同"活动和"连心工程"的实施，重点帮助贫困户自愿接受的其他特色产业，或者尽力帮助建档立卡贫困户存在的其他困难和问题，形成"干部职工收集问题、扶贫工作队汇总、局领导出面协调、第一书记落实"的联动机制，力争扶贫济困全覆盖，确保实现"精准扶贫、如期脱贫"的目标。

要充满激情谋发展。多渠道争取帮扶资金，借力开展国家新型城镇化综合试点和市区"五城联创"活动，制订基层组织建设、特色产业培育、公共服务构建等方面的帮扶工作计划，特别是发挥帮扶部门职能优势，制订基础设施、环境整治等方面的帮扶项目计划。将重点强化五项帮扶措施（具体帮扶措施：略）。

要报告实情利长远。结合驻村工作，对于掌握的村情民意和百姓疾苦要通过多种方式向上反映，争取方方面面对事关群众生计的问题进行反映，力争解决。例如，在今后的工作中，作为驻村第一书记，要把调研作为重中之重，身处脱贫攻坚一线，对于群众合理的诉求，我们一定要听在耳里，记在心里，积极向有关部门报告，争取解决一些群众的实际困难，为贫困群众的长远发展做出自己应有的贡献。

我的发言，得到了与会人员的认可。

参加会议的其他人踊跃发言，大家一起相互交流了思想，启迪了智慧。

11

"家里几口人？"

"五口。"

"有低保吗？"

"我儿子吃低保着呢。"

"低保每月多少钱？"

"问我吃低保的儿子去。"

调查谈话进行不下去了。从村干部处了解到，这户马姓贫困户不是低保对象。且因想吃低保多次找村干部。该户户主年龄不到 40 岁，还因想争取圈舍改造扶持资金，甚至去镇政府闹过。但是，在全村内综合考虑，一些年龄大的、更加困难的农户比这户更需要政府扶持。该马姓农户两口子尚且年轻，正是青壮劳力，如果勤快，脱贫是完全有希望的。近年来，正是国家"三农"政策很好的时候，该马姓户主就盯着国家的惠农政策扶持，而丢弃了勤劳致富的思想。因为没有更多地享受惠农政策而愤愤不平，感觉农村基层干部对自己不公。所以，对吃低保的人出言不逊。

我想，像马某这样的懒汉不该进行过多的物质扶贫，更应该将精神扶起来。

想起前段时间进户的情况——

我们在老党员罗文祥家访贫问苦。罗文祥于 20 世纪 50 年代入党，如今党龄 60 多年了。

"家里有什么特殊的困难吗，需要我们给您什么帮助？"我这样问。

"没有。我们老两口还能干动活，就不给政府添麻烦了。家里养着 2 头牛，8 只羊，还种着 24 亩玉米。国家的政策再好，我们也需要自力更生。"老人家的话充满精气神。

要把罗文祥老人的精神多向马某这样就等政府救济的年轻懒汉灌输。

12

苏满昌老人七十多岁了，多年前老伴过世，家里生活困难，经过乡亲们的撮合，又找了一个伴侣相依为命。老人也符合进养老院的条件。我和村"两委"成员也积极向上面反映，准备将老人送到敬老院去安度晚年。

不想被老人婉言拒绝了。

"年龄大了，我这老宅院住了几十年了，人一老啊，就离不开故土了。"

老人不去敬老院，不仅仅是留恋家园，还有更深层次的精神需求。

所以，我们要做任何一项决定，必须考虑周全。

13

抽调到市扶贫办工作一段时间。

跟副市长、扶贫办主任一起下基层。直接进村入户了解贫困户生产生活情况。到某县某乡某村，进了两户贫困户。

贫困户马某某家口大，连老带小 8 口人，却只有 12 亩山旱地。大家一起算了马某某一家种植业的收入账，排除雨涝干旱冰雹等自然灾害因素，在稳定丰收的情况下，一亩山旱地也就是二三百元的纯收入。马某某儿子年龄二十出头，却患有肾病。看病需要花费一大笔钱。这对本来收入不高的家庭来讲真是雪上加霜。

那么，一家老小怎么把穷日子推下去。马某某打起精神，连赊带欠，养起了六头牛。"要是能贷上款，我还想再养几头牛。"马某某说。老实巴交的马某某贷款无门，也没有人上门为其宣传党和政府的金融扶贫政策。

贫困户王鹏也想发展养殖业，同样不知道建档立卡户可以通过评级授信贷款。

面对市上的调研组和随行的县、乡领导的诘问，该村支书左右而言他。

从今年初开始，由政府推动为贫困户贷款帮助发展产业，一而再、再而三地要求村不漏户、户不漏人地进行宣传，但是一些贫困户依然贷不上款，甚至像马某某这样一些贫困户还不知情。

从马某某家出来后，乡长说："现在扶贫政策这么好，像马某某这样的贫困户还得不到扶持，问题就出在村干部身上。现在农村有部分村干部啊，私心太重，优亲厚友，对有些农户甚至瞒着搞愚民政策，不得好处不办事，成为党和国家惠民政策与贫困户之间的肠梗阻。以前，也曾发现个别村干部甚至在户主不知情的情况下利用贫困户名义贷款，将贷出的款用于个人投资牟利，简直令人愤慨。"

副县长说："部分村干部的不作为、慢作为、乱作为就是直接严重损害贫困群众的切身利益。"

扶贫办主任说："村干部是扶贫政策惠及贫困户的关键环节，这一环节出了问题，精准扶贫、精准脱贫工作就会走了样，变了味。"

副市长说："村干部队伍的建设和管理，应该是各级今后认真考虑的问题。"

扶贫工作中不怕有问题，没有问题才是不正常的。

据副市长讲，市上也已经着手制定方案，将集中整治"软弱涣散"基层党组织，随着抓党建促脱贫攻坚的深入推进，当前扶贫工作中存在的突出问题，也将逐步一一得到解决。

14

这几天主要进户开展工作，了解掌握了贫困户产业发展、主要收入来源和主要支出情况，分析致贫原因。经过归纳梳理，我感觉当前石庄村贫困户需要解决的困难和问题集中表现在以下几个方面：在种植业方面，春耕生产在即，一些贫困户在购买种子、化肥、薄膜等生产资料方面需要帮扶；在发展林下经济方面，一些贫困户在购买红梅杏苗木、生态鸡等方面需要帮扶；在扩大养殖规模方面，一些贫困户在基础母羊投入上需要帮扶；一些高龄、残疾贫困户在购买米面、药品和看病等基本生活、健康需求上需要帮扶；在发展教育上，一些贫困户在子女上学方面需要帮扶；在人畜饮水上，一些贫困户长期以窖水和从外面拉水维持基本人畜饮水，在自来水进户方面需要帮扶；一部分贫困户在希望解决低保、危房改造等方面表达了诉求。

以上帮扶需求，就是我下一步工作的问题导向。

做好扶贫工作，必须根据村情民意列出问题清单，并精准施策，一一解决好。

15

《石庄村村部和文化活动中心绿化设计效果图》《石庄村绿化植物名录》就在眼前。村部的绿化工程基本收尾。这个春天，我与石庄村干部群众共同劳动，挖坑整地、栽苗浇水，我们以城市绿化的标准打造出了"园林式"村部，在全村一共新种植各类苗木 16 个品种 2300 余株。

如今，石庄村村部红旗飘扬起来了，环境绿起来、美起来了，路灯灯杆立起来、亮起来了。

作为这个项目的发起者、推动者、实施者，我颇有成就感。

16

让农民知情，请群众监督，使村务在阳光下规范运行。

今天我们召集村组干部、党员群众、村民代表开展"民主议政日"活动，共同商讨议定村里重大事项。

农村低保历来是广大农民群众最为关注的村务之一，我们近期根据上级部门要求开展了低保专项整治，将全村享受低保人员名册全部公示，动态调整，严把政策关，按照公开、公平、公正的原则，提出将拟取消和调整新增农户（人员）名单在"民主议政日"进行表决，涉及 25 户 28 人，生活困难拟救助名单 56 户。

驻村扶贫工作抓得实不实,群众说了算。今天,还让参会人员背对背为我们的部门帮扶第一书记和干部联户工作进行了打分测评,经统计,满意率达100%。

群众是扶贫工作的出卷人,驻村第一书记是答卷人。我们要始终兢兢业业给老百姓交出扶贫工作的答卷。

17

妹夫黄钱通过我的微信朋友圈,看到我们石庄村扶贫工作队发出的"扶贫济困,善行石庄"活动倡议书,主动为我的驻村扶贫工作助力加油,添砖加瓦。

黄钱在市区经营着一家口腔诊所,通过他,联系了宁夏医科大学口腔医学院口腔医学专业学生,同时组织他的口腔诊所医师共计20余名,组成了义诊工作队,备足药品、牙具等口腔健康用品,到石庄村开展行医下乡健康扶贫活动。

义诊人员分三组开展活动,其中一组在村部集中义诊,一组为行动不便的高龄老人入户送健康,一组开展口腔健康抽样调查,为村上128名群众进行了体检,发放了价值6000余元的常备药箱及卫生药品,还为石庄村13名高龄口腔患者建立了健康档案,为下一步实施健康扶贫活动做好基础性工作。

无独有偶,宁夏第四建筑公司分公司有关负责人看到我们"扶贫济困,善行石庄"活动倡议书,大力弘扬企业文化、践行社会帮扶公益责任,主动联系为我们村上捐赠了价值1.8万元的水泥50吨,并掏出运费2000元租赁车辆将水泥直接拉运到村上,解决了村上基础设施建设的燃眉之急。

我们的《驻石庄村扶贫工作队"扶贫济困,善行石庄"活动倡议书》向社会各界贤达发出后,还是得到了方方面面的积极响应。例如,有不愿透露姓名的某干部为石庄村群众捐赠崭新的各类衣物100多件价值3万余元,某部门捐赠文体用品价值 0.7 万元，某作家捐赠图书 60 册价值 0.3 万元，等等。

还有更多的爱心无法用经济价值和货币价格来衡量。

"点点微扶贫，滴滴润民心。"一份小小的倡议书，竟然发挥了意想不到的实效。现将其内容摘录如下。

扶贫济困是中华民族的传统美德，更是全社会的共同责任！（石庄村贫困情况：略）为帮助石庄村贫困人口、弱势群体和困难群众尽快脱贫致富，驻石庄村扶贫工作队邀您一起扶贫济困、崇德向善！特发出如下倡议：

积极行动，访贫问苦。全体工作人员定期到石庄村进村入户"攀穷亲"，开展"三同"锻炼，了解贫困户生产生活情况，掌握贫困户的盼望和期待，为建档立卡贫困户广泛深入宣传党的各项惠民政策，鼓动和激励建档立卡贫困户提起精气神，积极发展生产，努力摆脱当前的贫困现状。

奉献爱心，办好实事。全体工作人员按照局党组提出的"555+X"干部联户帮扶模式，认真落实实打实的帮扶措施，党员干部发挥先锋模范作用，党组成员及行政领导班子成员带头，每位工作人员尽最大努力为所帮扶的建档立卡贫困户办至少一件看得见、摸得着的实事。

真情为民，助力脱贫。全体工作人员在做好个人帮扶善举的同时，积极联系和动员社会各界贤达参与精准扶贫。善举不分大小，倡议社会各界贤达，特别是一些企业家在力所能及的范围内在石庄村做一些公益性的活动。您的点滴善举，必将全面加快贫困群众脱贫致富步伐。

赠人玫瑰，手有余香！让我们携起手来帮助羸弱者前行；让我们一起为精准扶贫，精准脱贫事业增砖添瓦；让我们一起为石庄村建档立卡贫困户献上一份爱心；让我们一起汇集微帮扶，凝聚正能量，促进大脱贫。

扶贫济困，善行石庄。真诚感谢您对石庄村扶贫工作的大力支持！

在罗家壕村民小组，有好几孔废弃窑洞引起了我极大的兴趣。老罗向我介绍，这些窑洞是他的爷爷辈居住的地方，大约是清朝末年，他们罗家先辈从同心县移民至此，当时生活条件异常艰苦，老罗家先辈依据当地山体条件，挖好窑洞，自此扎根本地。

这种穴居的方式，伴随了人类漫长的居住史，也曾见证了很多地质灾害和苦难。

离这几孔废弃窑洞大约200米的地方，还有一处废弃的院落，土墙土房土大门。老罗介绍，这是他的兄弟建于20世纪80年代的房屋，居住了快四十年了，如今他的兄弟搬迁到城里住楼房去了。

而在这处废弃的院落的周边，一处处新建的砖瓦房屋窗明几净，鲜亮结实。这些都是近几年国家实施的危房危窑改造项目。

政府掏钱为老百姓建房，使居者有其屋。据统计，石庄村已有200余户群众享受了国家的危房危窑改造政策。

石庄村这几处不同时代的民居实景图，就是一部鲜活的村庄民居发展史，见证了时代发展。真是时代变迁，越变越好了。

在石庄村，不仅仅群众住房史的演进，让群众有了更多的获得感、幸福感。在我挂职石庄村第一书记期间，也先后见证了好几项可以载入村史村志的重大事件。

通过自来水入户工程的实施，石庄村300余常住户家家都通上了自来水，村部也通上了自来水，1600多名群众全部吃上了甘甜的自来水，村庄彻底告别吃水难历史。

通过争取，宁夏广电网络公司在这个村实施了有线电视光纤到户项目，石庄村成为原州区首个有线电视光纤到户村。

"脱贫光荣户"海军建成的休闲农庄——

一股清水,在山沟里淙淙流淌;人工拦水的简易淤地坝畔以及半坡种植着红梅杏、核桃、花椒林的经济林丛中,一群色泽艳丽的呱啦鸡悠闲信步;大片大片的西红柿、辣椒、大白菜在精耕细作的菜园里旺旺生长;红瓦农舍,蓝顶的牛棚和羊圈,星星点点镶嵌在一望无际的苜蓿地、玉米地、洋芋地间……

这是西海固一隅,这是原州东山里的官厅镇石庄村一个名叫柴火湾的山旮旯一景,这是新时代大山深处的"田园诗"。

谁会想到,这里曾是苦瘠甲天下的"最甲"之地,曾是史上流落的难民扫毛裔,啃草根,喝窖水,生存苦焦眼泪花儿把心淹了的地方。

"夜闻碛外铃声苦,晓听城头角调哀。不是感恩心似铁,谁人肯向此中来。"宋太祖的内侍张继能在原州任铃辖官职时,感慨于当时这一带的民生凋敝,写下了《题原州官厅》这一首诗歌。其实石庄村就在官厅镇的几何中心,这里也是冷兵器时代著名的萧关古道的一方巴掌之地,这个小村是否藏过兵,有过什么战事都不可考,但是千百年来,萧关古道抑或原州古城明明灭灭的烽火狼烟和血腥杀伐的气息,一定弥漫过村庄,叩击过村庄里居者或者过客的内心。

2015 年 9 月,我以驻村第一书记的身份到达石庄村。到村的第一件事,就是入户了解村情民风,掌握村史。当年年底前,我走遍了 5 个村民小组 460 多户人家,出村在外的除外,常住石庄的数百父老乡亲成为我贴心的朋友。海军是其中之一。

在驻村的日子里,我很多次盘腿坐在海军家的土炕头,炕桌上的水杯里,海军总是不断地给我续上罐罐茶。海军就像村里的一本活字典,在浓浓淡淡的茶香里，海军给我说，我们石庄现在的居民啊，都是清朝末年和民国时期的乱世中从甘肃兰州、天水及宁夏同心等地为躲避天灾人祸落难而来的平民百姓，在早期不知道有没有人居住谁也说不上了。我们辈辈的老先人啊，在这里真的是穷苦极了，很早的时候，这个村里也曾饿死过很多人，还有出去活命讨饭的。

海军是建档立卡户。而像海军这样的200多户建档立卡户就是我们驻村第一书记工作的重中之重。

"味道咋样啊？"

"香甜，清脆，倍儿爽！"

阳光明媚。我和海军品尝着已经成熟的红梅杏，在他的100多亩大的休闲农庄信步，各自的心里有着不同的味道。随后，我们不约而同地选择了一个地埂蹲在上面，彼此都沉默起来。

"种瓜得瓜，种豆得豆！"海军点燃一支烟后，嘴里叨咕起来。

"是啊，幸福是奋斗出来的！"我接住海军的话茬。海军一家，是把日子过得越来越像红梅杏一样"红火、美满、幸福"的经历者和见证者。我和他们一样，正像当地人常说的一句俗话：嘴里吃蜂蜜，心上甜着哩。

入户记

我们正在进村入户。

夏日艳阳普照山区，苏满昌老人家的几树繁杏在阳光下闪耀着金黄的光芒。我们踩着树下的三轮蹦蹦车采摘成熟了的杏子，边摘边吃，杏子清爽香甜。帮扶干部李国才同志在苏满昌老人家找了两个食品袋，将刚刚采摘的新鲜杏子装在塑料袋中，并随身掏出现金塞到老苏的手上。苏满昌老人说，"你看你客气的，这几年帮扶我，给我办了不少的事，帮了很多的忙，这几个杏子，我哪能要钱呢。"苏满昌老人说的是真心话。这两年来，我们基本每隔半个月到苏满昌老人家里来一趟，帮扶干部李国才同志给苏满昌老人米面油、衣服等没有少带。去年冬季进户时，苏满昌老人没有在家，当听到左邻右舍说苏满昌老人感冒住院去了，还专门跑到市区的中医院，个人掏钱帮助老人看病。帮扶时间长了，大家也建立了深厚的感情。苏满昌老人坚持不要钱，李国才同志坚持将钱塞到苏满昌老人的衣兜里。

这位七十多岁的老人还没有脱贫，与老伴相依为命，是社会保障兜底户，家里的土地大都退耕还林了，老人勤快，还种了 5 亩玉米，养着 2 头牛，享受着国家的基本养老和低保政策，生活还过得去。李国才同志把杏子放到了车上，准备带回单位让同事们尝尝石庄新鲜的杏子。这几年我的同事们下乡入户，已经形成了一种习惯，大家在入户过程中，回来的时候，经常会在老百姓家里买些牛羊肉、土鸡肉、红梅杏、禽蛋、蜂蜜等农产品，或者自家吃，或者分送亲朋好友。这样感觉很好，既买到了生态环保的食品，又让老百姓有了些许收入。

从苏满昌老人家里出来，去看王志秀老人，我们到家门口时发现大门紧锁着。已经多次进户没有见着王志秀老人了，自从去年冬天老伴去世后，王志秀老人一个人生活不便，出村投靠外出务工的子女去了。李国才同志帮扶的几户建档立卡户，其中有四户是"双老户"，都是六十多岁到八十多岁典型的农村留守老人。李国才同志拨通了王志秀老人的电话，嘘寒问暖，叮嘱王志秀老人注意身体，并叮嘱老人有什么特殊困难，及时与驻村工作队或帮扶干部联系。王志秀老人的老伴在世的时候，老两口日出而作日落而息，种洋芋种玉米养牛养羊，庭前屋后栽下了大片的杏树和核桃树，完美演绎了农村老人的勤苦和不想把日子过到人后的劲头，两个老人一个是一个的伴，一个是一个的依靠。想起前半年大概四月底我们入户时，王志秀老人的老伴刚去世不久，他一脸悲凉，给我们说这乡下大院一个人住着害怕，等给老伴过了百日忌日后，就投靠子女去。这次我们到王志秀老人家，原来满圈的牛羊不知所去，大门紧锁，门前场院有些浮土，没有人的脚印，有些荒芜。今后，这个院子怕是不会有人再住了吧。

往马志科家走去，马志科老两口一圈羊喂养得壮壮的，通过政府危房改造新建的砖木房屋宽敞明亮，但人出门了没有在家，通过电话联系，老两口今天进城了。老两口也幽默，电话上开玩笑说，最近"一卡通"里基本养老、低保、残疾人补贴、退耕还林补助、草原补贴等有一疙瘩钱呢，领出来买衣裳买菜买肉好好改善一下生活呢。马志科老人家在村里西山根下，中间隔着一条深沟，对面的东山退耕还林了，漫山遍野的柠条长势良好，近几年，西海固山区雨水很好，天降甘露，东山上植被厚实，星星点点处还有几处鲜艳的山花，非常养眼。东山根下，这个村里老百姓的先辈们住过的一片窑洞群落，显得古老而沧桑，寂静而无声地诉说着过去大山里的人们苦难恓惶的生活。我每次到马志科老人家进户的时候，都会驻足望一望对面的山根下的窑洞群落，想象一下过去大山里的居民穴居的生活，究竟是怎样的呢，先辈们如果地下有灵，能感知到后辈们生活在好社会，在祖国减贫的历史大潮中生活状态越来越好，一定会很欣慰吧。

我们又到罗正荣家。老罗家的羊圈里23只羊，又通过实施扶贫项目养了5头牛，看起来日子越过越好了。我们走进新建的砖木新房中，感觉老罗家一下子敞亮了起来。以前每次进户，老罗家的一间旧房，连个落座的地儿都没有，老土坯房里面黑乎乎的。后来通过帮扶干部的争取协调，新房建好了，老两口精神面貌也不一样了。但是建房的补助款还没有打下来，快人快语的老罗老伴说，这次你们来我们家，我再没有其他事，你们帮着我在上面催一催，看赶紧能把建房款打下来吗？我们记下了这个问题，承诺给抓紧协调办好。

从罗正荣家到马木沙家还有一段路程，我们走过去，恰好学生放暑假了，今天算是把这一家子人全见上了，马木沙的孩子由帮扶干部跑前跑后，转到了城里，马木沙妻子在城里租房看着孩子上学，马木沙城里乡下两头跑，贩卖牛羊，并在家里养了7头牛，光阴也越来越好了，但就是屋里屋外，房前屋后的环境卫生有些脏乱差。驻村干部赵具才快人快语，看你们两口子懒吗？家里的卫生也是个门面，赶快好好地把卫生打扫一下。说得马木沙两口子有些不好意思，赶紧拿起扫帚铁锹忙碌起来，一起进户的帮扶干部们也都没得闲，一起把马木沙院子里乱摆放的农具、柴火等给帮着整理起来。

马正山以前当过村民小组组长，从1995年的下半年我到这个村担任第一书记时我们就认识了，村组干部经常在一起工作，如今已经成为老熟人了。刚进大门，马正山就从屋里出来了，热情地拉着我的手让进屋子里，并慷慨地切了一个大西瓜，端到我们面前让我们吃西瓜。马正山挺会说话，你们帮扶干部辛苦啊，这么大热的天气，不坐在办公室凉快着，跑着下来给我们老百姓办事，我们心里暖和啊。其实马正山说的话也是非常真诚的，这几年，这个大山里的汉子也过得不容易，儿子前年得了重病去世，妻子精神上有病，做事不整齐。尽管在儿子、妻子看病上享受了政府医疗惠民政策，帮扶干部也通过物质精神等各方面帮扶，但是就像马正山常说的"日子总得往下过"。

既承受丧子之痛，又要照顾患有精神疾病的妻子，马正山还把家里收拾得干净利落，在门前的小园子里整齐种植着韭菜、大葱、西红柿、辣椒，田园气息浓厚。我们出门的时候，马正山说，常来啊，一定常来。

从马正山家到罗正财家，一段长长的坡道，我们步行上去。这段坡道今年被水泥硬化了，陪着我上坡的村会计马耀军说："这几年国家真的舍得给山里的老百姓花钱，你看连这么偏远的山路都硬化了。"是啊，这条小道就像最末梢的毛细血管，真正连着老百姓的"最后一公里"路。罗正财到田里劳动去了，他妻子一个人在家门口抡着铁锹平整一段田埂。我们拿着他家的《扶贫手册》要与她核对一笔收入账：危房改造补助 2.2 万元、低保 5280 元、退耕 1308 元，草原补贴 37.5 元，耕地地力保护补贴 256.45 元，牛补栏补贴 9000 元，等等。两口子通了电话，由罗正财妻子代签字确认。

罗正财的老丈母娘马全花老人八十六岁了，住的地方距离女儿女婿不到 200 米，照顾起来也方便。老人家家里干净整洁，墙面上挂着村里的"卫生流动红旗"。老人家性格开朗，身上没病。一起进户的帮扶干部都很感叹，老人家精气神好，还提醒老人家注重卫生健康。院子里还有一个集种菜种花为一体的小园子，灯盏花、喇叭花、八瓣梅等花儿开得鲜艳，黄瓜、辣椒、西红柿等蔬菜勾人馋虫，一群土鸡呱嗒呱嗒满院子跑着呢。

苏建国带着村里的保洁员正在打扫村道上的卫生，他的老婆也在保洁队伍中。苏建国把我们往家里让，知道大家都忙着呢，我们就没进去。现在，老苏是村民小组的组长，拿着一把铁锹既带头干活，把地埂边的杂草清理了，又指挥大家对硬化路面的浮土进行清扫，颇有指挥员和战斗员的架势。和老苏结成帮扶对子也是有五个年头了。这五年来，我经常到老苏家，熟门熟户，两年前五组前任组长因为家庭拖累大提出辞职，这村民小组组长也是一个苦差，也没有什么报酬，全靠得一个热心劲儿，村"两委"逐户征求了五组村民的意见，没人愿意干。老苏是一名党员，这几年在脱贫中非常勤劳，搞种植，搞养殖，打零工，贩牛羊，在政府补贴支持下，建起新房，日子越来越好过了，还被村上选树为"脱贫光荣户"。村上召开党员会议时，也愿意发表意见，积极给村上工作建言献策。于是，我通过与村"两委"成员沟通，并征求老苏的意见，动员其担起五组组长的担子，一开始老苏有畏难情绪，经我反复做思想工作，后来，老苏终于担起了村民小组长的担子，干得挺好，在群众中也有很好的口碑。有一次，镇上的负责同志在老苏家进户时，了解到这一情况，开玩笑说，驻村第一书记把自己帮扶的建档立卡户培养成"领导干部"了。这件事成了一段佳话，镇上的负责同志还多次在镇上的大会作为"扶贫扶志"的典型来讲。

看着带头清扫村道满头大汗的老苏，我开了个玩笑："你是组长，当领导的也亲自干着呢。"老苏性格开朗，也很有觉悟，笑着接话："干部干部，就是要带着群众干呢。"

老苏笑着讲了一个很接地气的"段子"——："溜尻子要溜队长呢，不做活儿工分蛮长呢；溜尻子要溜会计呢，工分账上胡记呢；溜尻子要溜保管呢，进了粮仓蛮揽呢；溜尻子要溜记工员，做上三月顶一年。"

"你这个队长需要溜吗？"村上的老罗打趣。

"你们哪一个是能饶孙子的爷爷，我一个小队长一天跑断腿，你们还骂着说没有给你们服好务。"老苏大声道。

村道上大家笑声一片。笑声里的村道愈加干净了。

壕里青松梁上柳。村上保洁员打扫卫生的这一段道路两旁以及几处农村公共场所，4年前，我们帮扶单位帮扶栽植的云杉、油松、馒头柳、金叶榆球、丁香、榆叶梅等长势良好。那是2016年春季，我们抢抓绿化节令，争取帮扶单位组织苗木，拉运3米以上云杉、油松60余株，移植补植柳树220余株。还栽植了金叶榆球、丁香、榆叶梅等多种绿化植物，帮扶干部和村上的干部群众一起修剪树木、挖坑整地、栽苗浇水，火热朝天的村庄绿化活动场景犹在眼前。现在，公共场所绿化苗木乔灌结合、错落有致，石庄村广大群众也积极踊跃通过种植油松等苗木开展庭院四旁绿化，重点以种植红梅杏苗木为主，目前生态效益和经济效益已经初步突显出来了。

我们又到了苏建富家。我们惊异地发现，苏建富的精神面貌不一样了，是真的不一样了。以前每次进户，苏建富总是唉声叹气地叫唤，也给帮扶干部提一堆需要帮扶的内容，一些合理，一些也不尽合理。但这次进户我们感觉苏建富像变了个人似的。在交谈中，我们得知老苏的女儿大学毕业找着工作了，还给家里转来了钱。老苏满脸自豪。和我们一起进户的村干部马耀军、高小红掰着指头数近年村里考出去的大学生，有中国传媒大学、上海交通大学、宁夏大学、北方民族大学等。我们也感到非常自豪，一个家庭考出一名大学生，这个家庭就有了希望，在偏远的山区更是如此。苏建富的儿女都争气，儿子长年外出打工，挣了些钱，今年返乡，专门发展养殖，多方筹资三十多万元，建起了牛棚，养殖了20多头牛，目前已经打下了坚实的产业根基，日子越来越有盼头了。

苏建君是一个能折腾的人，过日子不服输，硬是通过艰苦奋斗在城郊购得了一处院子，我通过电话联系，专门到市区北什里村看望苏建君老两口。苏建君2014年建档的时候家里条件很差，家里七口人，在校学生占了三名，都转到城里的学校念书，老两口不服输，为了把孩子们培养成才，在城里的建筑工地有什么活干什么活，通过勤劳一分一分挣钱。由于劳动量过大，苏建君老婆都累出病了。这次进户的时候，苏建君老婆刚从医院出来。苏建君老婆说，农民在外面打工也受罪得很，下的是一把苦力气，但是不下苦日子没办法过到前去啊。尽管这样说话，但老两口的精气神还是非常好的。

从苏建君家出来，一天的进户就结束了。

已经是傍晚了，固原北什里村紧靠市区东关街延伸段和北环路交叉口，路灯已经亮起来了，坐在车上，我翻开随身带着的入户帮扶记录本，将本次入户收集到的危房改造补助款还没有到位等问题，分别电话反馈给村党支部和镇上的有关负责同志，他们答复及时予以解决。

我带着夜色回家，心里像城市初上的华灯一样，逐渐亮堂起来。

红庄记

村道两边的川台地，以及村里的山坡上，大片大片的洋芋正在开花。一起进村入户的帮扶干部们都说，看来今年红庄的洋芋又会丰收。通过多次进村入户，大家都知道洋芋也是红庄的支柱产业，红庄的洋芋品质好，产量高，市场也很广阔，一些洋芋还远销到广州等大城市，丰富着沿海城市的超市和市民餐桌。新冠肺炎疫情防控期间，从西吉驰援武汉的洋芋里就有红庄的洋芋。

红庄的老百姓总是对村里出产的洋芋有一种自豪感。

"吃饱了洋芋面搞扶贫工作就有了劲头了。"在村部，从西吉县县委办下派的驻村干部一边吃着自己做的洋芋面，一边给自己打气。今年西吉作为全国52个挂牌督战、全区唯一一个未脱贫摘帽的贫困县，各村的驻村干部们都主动放弃双休日和节假日，吃住在村上，干在脱贫攻坚第一线。驻村第一书记郭建华的办公桌上堆满了一摞又一摞的"一户一策"查漏补缺的扶贫资料。郭建华和村组干部们刚刚进户回来，裤腿上还沾满着泥土，三刨两碗地吃完洋芋面，午饭后还要进户开展工作。"扶贫工作必须争分夺秒"，大家都形成了这样的共识。

我们融入其中，和村组干部一起分组进户。

为了加强西吉的扶贫工作力量，市上从市直单位抽调干部下沉到村，作为帮扶责任人，我们单位结对帮扶了西吉县新营乡红庄村十五户建档立卡户。单位委派我第一次进村对接帮扶工作时，我利用一天时间逐户登门"认亲戚"。

随后多次进户，大家也都很熟悉了。我们单位定点帮扶的村在原州区官厅镇石庄村，同事们所结对帮扶的都是石庄村的建档立卡户。今年单位五名干部又增加了西吉县新营乡红庄村十五户建档立卡户。从石庄到红庄，村情民风还是各有特色，红庄作为葫芦河川道区村落，还是要比地处原州东山里的石庄村的立地条件要稍微好一些。但是当前决战决胜脱贫攻坚的关键时期，全市各个行政村大的扶贫工作氛围都是一样的，各级干部都铆足了劲，整个六盘山区一派领导苦抓、干部苦帮、群众苦干的景象。

到西吉去扶贫，使我想起早些年我们在西吉工作时扶贫的情景。我在西吉工作期间先后在偏城乡马湾村、吉强镇羊路村、马莲乡罗曼沟村蹲过点。那时的干部群众常常把驻村扶贫工作叫作"蹲点扶贫"，也有领导包抓、干部结对联户帮扶的机制。记忆尤深的是，2004 年，跟时任西吉县副县长的张鹏同志在罗曼沟跑了整整一年，那时县处级干部工资也不是很高，记得张鹏同志自掏腰包数千元为贫困户购羊，帮助其发展养殖产业。十五六年前从有关部门协调争取有关扶贫项目，为贫困户发放小尾寒羊的情景历历在目……

眼前红庄村的土坯房拆除工作如火如荼。

刘喜琴家实施了危房改造之后，已经搬进了新房，但是土坯房还在，村干部宣传动员让他们家把土房子拆除掉，刘喜琴不高兴了，自家的房子，既能装杂物放置农具柴火，也是老先人置下的祖屋，留下还有些念想，碍着谁了，凭什么拆除。基层干部反复做思想动员，刘喜琴就是不高兴，也不拆除。在中国，老百姓住了千百年的土房土窑，能为老百姓遮风挡雨，但确实存在安全隐患，抗震性差，风雨侵蚀，时间长了易倒塌，也吞噬了多少人的生命。

在农村，土房土墙损毁倒塌造成的事故时有耳闻。几年前，我乡下的姑夫因为雨后在自己的老院子里种菜，下雨导致土墙地基松软不稳而将姑夫掩埋，待发现时人已经没有了气息，给亲人们造成了很大的心理创伤。那时，姑姑一家也通过政府危房改造项目另选址建了新房，并且已经搬进去住了。事后大家都扼腕叹息，有一段土墙为什么没有早早地推倒，如果早早地推倒了，悲剧就不会发生了。

或许，老旧土房土墙也承载和寄托着很多人的乡愁，很多文人墨客和艺术家也借此创作了很多作品，很能打动人心。但是新时代物质文明高度发达，安全性更高的新型建材不断更新换代，拆除土房土墙也是必然趋势。对土房土窑土墙时代，老百姓更需要断舍离。

因为思想动员工作扎实，刘喜琴一家最终还是想通了，说拆就拆。我们到刘喜琴家时，两口子一身的土，额头上流淌着汗水，土房土墙在洋镐铁锨的舞动中成为历史的废墟和记忆。

当地党委、政府关于全面消除土坯房致广大农户的一封信上如是表述：2020 年是脱贫攻坚收官之年，也是全面建成小康社会收官之年，既是全乡全面消除土坯房的决胜之年，更是全县实行危房改造补助的最后一年。全面消除土坯房是精准扶贫和建成小康社会的迫切要求，是重大的政策机遇，是解决农民群众特别是困难群众住房问题的民生工程，更是实施乡村振兴战略的前提条件，具有重大的现实意义和深远的历史意义。

康维亚家庭前屋后非常干净整洁，大门前一条大狗午后慵懒地半眯着眼睛，和我们一起进户的村干部老姬高喉咙大嗓子："老康，老康，快把你家的狗管好，快把狗赶到窝里去，小心狗把人咬了着。"老康一边在里屋答应着"来了来了"，一边光着脚从里屋跑了出来。老康过来一把抓起狗铁绳，就像拎自己的孩子一样把大黑狗拎起来撇到狗窝里。或许帮扶干部多次到来，大黑狗已经把人认下了，没有叫没有咬。老康热情地把我们让到大上房里，我们看到，在上房的中堂醒目地挂着一幅领袖像，领袖像的两侧一副对子："丰功伟绩世代颂，雄才大略振天下。"共产党真好啊！老康两口子衷心地对帮扶干部说道，我们两口子都吃低保着哩，每月都能领到低保金，我们还养着 50 多只羊，日子越来越好过了。

姬成刚两口子与老康家一样，口里直呼着："共产党真好啊！共产党真好啊！我们一家真的是把共产党靠住了！"我是西吉人，当然知道"靠住"

是当地方言，就是有强大的后盾和靠山的意思。

我们非常熟悉姬成刚家里的情况。姬成刚的妻子今年先后做了两次心脏手术，儿子也做了一次肠梗阻手术。"几次手术一共花了十来万元，都报销了。我们一个农民人家，自己哪能掏得起那么多的医疗费啊！现在共产党还给我们家派来了签约医生，经常来家里开展健康服务。""俗话说，木匠住的是烂塌房，大夫守的是病婆娘。我是个木匠，住的房屋国家补贴了两万多元，在好时代里，我这个木匠住的也是新房，在红庄的山前岭后，大多数人家的房屋、洋芋窖、箍窑都是我给拾掇的，也挣了点钱补贴些家用。按道理说家里情况应该好着哩，但是家人都有病，看病的钱国家给掏了，幸亏有共产党啊！"

姬成刚从心里由衷地感叹："如果没有共产党，像我们这样一些农村家里有大病的人家，就没法活了，那就麻达了！"姬成刚妻子接着说："上一次我动手术一共花了四万多元，个人只掏了四百二十元。"听着姬成刚两口子满含感恩的话语，我们非常感动。是啊，新时代，好政策，我们的党，我们的政府把老百姓的饥饱冷暖生老病死都放在心上。我们的纯朴憨厚的农民群众，深怀感恩之情，满满的正能量。这几年的下乡，进村，入户，有很多事情都感动着我们，温暖着我们，教育着我们，使我们心里对未来充满着希望。

是啊，新冠疫情防控使人们更加注重健康价值生命价值，现在的媒体发达信息传播快，通过各级各类媒体也使我们放眼全球观察和思考世情世道，通过对比我们就会感觉到，在我们的祖国，作为一个中国老百姓，真的是很幸福的。在红庄村，像姬成刚一家这样的还有几户，如杨庭堂家庭、王彦俊家庭、张焕全家庭，等等。贫穷不可怕，有病不可怕，有党和政府的持续关注和改善民生，有安定团结的美好时代，不仅"牛奶会有的，面包会有的"，而且"脱贫""小康""振兴"等都会有的。

日子有奔头，心里有盼头。

这几年每次扶贫进户，谁家考出了大学生，总是会让人心头一亮。家里有个大学生，家人的精神状态绝对与别人是不一样的。葫芦河的源头一带，自古文脉兴盛，学子刻苦。建档立卡户徐韦星的儿子已经从宁夏医科大学毕业了，在银川一家医院顺利就业，徐韦星老两口开心得合不住嘴拢。在老徐家里，大家一起开玩笑说，近年国家的扶贫政策好，一度连一些贫困户家的小学生写作文的理想都是长大当建档立卡户，这种思想可千万要不得啊。但老徐家的孩子志不在继续当建档立卡户，好儿郎志在大学。

老徐自豪地告诉我们，他的儿子也找了个大学生媳妇，两个娃娃现在都在银川工作，孩子们也很争气，用自己的工资付了首付，已经在银川买了楼房，正准备结婚呢。大家打趣说，老徐你老两口怕是要上银川去住一住孩子们的楼房，像城里人一样带一带孙子，享享清福了。

红庄村这家农民小院里，满是欢声笑语。

开渠引活水，注满扶贫情

1

2016 年 7 月 18 日，习近平总书记视察固原时动情地说："固原发生了翻天覆地的变化，可谓脱胎换骨，出乎意料，觉得很震撼，增强了我们打赢脱贫攻坚战的信心。"7 月 20 日，习近平总书记在东西部扶贫协作座谈会上讲道："这就像六盘山是当年红军长征要翻越的最后一座高山一样，让全国现有五千多万贫困人口全部脱贫，是我们打赢脱贫攻坚战必须翻越的最后一座高山。只有翻越了这座山，扶贫开发的万里长征才能取得最后胜利。"

在中国脱贫攻坚的主战场和扶贫事业发源地的固原，125 万干部群众按照习近平总书记"走好新的长征路"的伟大号召，践行"不到长城非好汉"的革命精神，发扬"三苦"作风，使得脱贫攻坚历程成为中国减贫的一个缩影，成为中国精准扶贫的一个样本。在固原这片热土上，总会有一些精准扶贫的故事可歌可泣，总会有一些精准脱贫的故事振奋人心……

2

仲夏之日，万物繁盛。这是 2020 年 6 月的六盘山区，郁郁葱葱，移步换景，潺潺流水不时可见，从大店村开始，田玉铭带着我在张易的大地上行走，到上马泉、到宋洼、到闫关、到毛套。

"剁开一粒黄土，半粒在喊饿，半粒在喊渴。"那些曾经的西海固苦难文学的表达，与眼前新时代西海固一隅的景象恍若隔世。

田玉铭给我林林总总地介绍着张易的今昔——

改革开放前，"贫穷"是张易这个地方的代名词，张易人几乎家家"住土坯房、炕上无席、灶内无柴、锅里无饭"。每年芒种时节，张易人为了生存不得已成群结伙外出乞讨，张易这个地方一致戴着"叫花乡"的帽子。

穷则思变，活人总不能被尿憋死，摆脱贫困，过上富裕的生活，一直是张易人的梦想。好在张易人富有变革精神，诚实守信，勇于创新，敢为人先，这也是远近闻名的张易人的底色。值得一提的是，20世纪70年代末，张易人率先实行土地包产到户，被誉为"宁夏包产到户第一镇"，广为流传的"张易堡的门，好进难出"不管外人怎么样解读，总归是说张易人是"麻达"人。

"麻达"一词是西海固方言，意为厉害，有本事，敢闯，敢试，能在艰难艰苦的环境里扭转逆势，能闯出一条新的路子来。

张易人究竟"麻达"，还是不"麻达"，我将信将疑。

脱贫攻坚是张易的头等大事，今年我们张易镇必须翻越过脱贫攻坚这最后一座高山，这是我们张易镇领导班子给原州区委、区政府立下的"军令状"。精干的田玉铭说着，眼神中透出坚毅。

张易镇正位于红军长征最后翻越的胜利之山的六盘山西麓。

从2016年初固原市和原州区吹响脱贫攻坚集结号后，田玉铭被组织从原州区委办公室调任为张易镇党委书记。近五年来，扶贫，扶贫，扶贫，这位80后乡镇基层干部说得最多的就是"扶贫"二字，并把所有的精力都放在了扶贫工作上。

老父亲八十来岁，妻子在彭阳县偏远山区教书，孩子正在学龄，大女儿上学自己坐公交车，中午寄放在午托班，小女儿上学请亲戚接送。80后干部正是干事业最得力的时候，但也是家庭责任最重的时候，而这近五年来，或许是田玉铭对家庭最为愧疚的五年。好在早年当过村党支部书记的老父亲全力支持，千叮万嘱儿子要办好公家的事情，好在妻子很有责任心，弱肩上扛起小家庭的里里外外，这给田玉铭分担了很多很多。

一分担子，万分责任。

田玉铭说——

当我看到精心培育的扶贫产业基地长势喜人、丰收在望的时候；看到多年不通水的老百姓吃上自来水的时候；看到危房户群众搬进新房子的时候；看到贫困户的孩子在镇村干部的动员下重返校园的时候；看到身患心脏病的患儿，在我们的协调下得到慈善机构的救助，又得到医疗救治的时候，我再苦再累也是值得的。

朴实无华的话语，道出一名基层干部的情怀，也道出了多少扎根六盘山区基层干部的情怀。

在张易镇党委办公室，工作人员马宁给我翻开密密麻麻的会议记录本，我们一起统计了这么一组数据：2020年上半年，张易镇先后召开会议研究部署脱贫攻坚26次，其中：镇党委会研究部署9次，镇扶贫开发领导小组会议8次，脱贫攻坚推进会9次。

"脚下沾有多少泥土，心中就沉淀多少真情。"张易镇分管扶贫工作的副镇长王永名给我说，这些年来，田玉铭团结带领班子成员及全体干部，基本每天都进村入户。

丝毫不敢懈怠，田玉铭说。

田玉铭掰着指头，给我详细介绍张易镇脱贫攻坚的情况——

全镇区域面积295平方公里，现有总人口10860户39608人（回族人口1万余人，占比26%），其中村里常住人口5891户23171人，占比59%，全镇15个行政村均为贫困村，2014年全镇户籍人口12525户45313人，识别建档立卡贫困人口4614户17857人，贫困发生率为39.4%。经过2015—2019年脱贫退出及动态调整，现有建档立卡贫困人口4399户17427人，其中已脱贫退出4264户17034人，剩余未脱贫人口135户393人，贫困发生率下降为

0.87%。

作为从事过多年扶贫工作的我，知道这些数字中张易镇干部群众付出的心血与汗水。在这里不妨做一个对比——

从横向上比较，贫困人口数量和脱贫攻坚任务堪比宁夏北部川区一个县。

从纵向上比较，张易镇脱贫攻坚不断攻坚拔寨，逐步跨上乡村振兴车道；张易老百姓的日子芝麻开花节节高。

而张易镇的脱贫攻坚，也聚集聚焦了各级领导的关注、支持和"人民至上"情怀——

中央政治局委员、国务院副总理胡春华来了……

宁夏回族自治区党委、区政府主要领导，分管领导来了……

固原市委、市政府主要领导，分管领导来了……

原州区委、区政府主要领导，分管领导来了……

自治区、固原市、原州区有关部门负责同志来了，各级部门帮扶单位、驻村第一书记、扶贫工作队员正在行动，坚决打赢脱贫攻坚战……

3

我曾经在固原市扶贫办借调工作过一段时间，感同身受地体会了市扶贫办这个全市脱贫攻坚的综合性机构的昼夜高效运转。脱贫攻坚作为固原全市的第一号工程和统领全市各项工作的重中之重，陈宇青主任经常以"固原是中国脱贫攻坚的主战场和扶贫事业的发源地，脱贫攻坚历程是中国减贫的一个缩影和精准扶贫的一个样本"鼓励扶贫办机关干部在工作中增强使命感和责任感。并且认为固原全市近年脱贫攻坚中通过实践探索，可以挖掘总结和提炼一批又一批本土经验，很多经验勘为"模式"，值得在脱贫攻坚中大力推广。

在我接手市文联、作协写一篇关于脱贫攻坚报告文学的"作业"时，市扶贫办副主任张杰、监测评估科科长李宏伟等扶贫干部，给我说张易镇脱贫攻坚任务重，抓得实，有一些典型模式值得一写。因为是业余写作，平时本职岗位业务忙，加之"作业"交稿时间要求较紧，我只能抽事情较少的周末来完成一次现场采访，并且田玉铭也是我非常熟悉的一名乡镇党委书记，打了二十多年的交道，所谓熟人好下手，我去采访，想必他也不好拒绝，免去很多人与人之间沟通的繁文缛节，省心省力。

一程张易之行，进一步刷新了我对基层扶贫工作和基层扶贫干部的认识，也感慨于基层干部在艰辛工作中的付出和创新；一程张易之行，使我对张易镇金融扶贫有了全面的了解，切身地感受到张易镇金融扶贫有成效，有手笔，使广大老百姓有充实的获得感。

时间回放到 2016 年 1 月——

原州区金融办和张易镇联合固原农商行张易支行率先在张易镇田堡村发放了第一笔建档立卡贫困户小额扶贫贷款 87 万元 27 户。

一石激起千层浪。

张易镇有意愿、有劳力、有项目的群众纷纷申贷，扶贫贷款的覆盖面不断扩大。短短的一年时间，张易镇 70% 建档立卡户获得了扶贫信贷支持。其中：65% 的群众享受了"两免"政策，85% 的贷款属于 1—3 年期，3 年期以上占 15%，率先为 60 岁以上有发展愿望、有信用基础的群众发放贷款，40%以上失信客户再次获得贷款。

58 岁的宋宝祥是张易镇田堡村三组人，家里三口人，原来仅靠在外打工谋生，日子过得很是紧巴。2014 年，他开始尝试养牛，苦于没有资金，有了金融扶贫贷款政策，他马上贷来 3 万元，用于扩大养殖规模。"我当时7000 多元买进来一头牛，一年下一个牛娃子，卖了得 1 万元，五年就 5 万元了，今年又把大牛卖了 1.2 万元，一头牛就能挣五六万元。"经过 5 年的养殖，宋宝祥的牛账算得很精。"他老婆子在贺兰的一家餐厅里打工，年收入 1.5万元左右，儿子开铲车，一年也能挣点，日子现在过得好得很，是固原市评定的光荣脱贫户。"田堡村党支部书记李克学说。

田堡村现有建档立卡贫困人口 251 户 1010 人，其中已脱贫退出 245 户 986 人，剩余未脱贫人口 6 户 24 人，贫困发生率下降为 1.03%。现在，田堡村已有 260 户人利用金融扶贫资金 3000 多万元发展生产。2016 年，田堡村被固原农商行评定为金融扶贫示范村。

这就是张易的"六三"模式带来的效应。这就是敢为人先的张易人的探索与创新。

张易镇率先将推进普惠金融与实施精准扶贫有机结合，坚持信用先行、产业支撑、金融保障，探索出了一条贫困地区金融精准扶贫的新路径。全镇建档立卡贫困户累计获贷 3307 户（6850 户次）2.9 亿元，户均累计贷款 8.8 万元，获贷率 75%（其中：2019 年获贷 1065 户 5304 万元，户均贷款 4.98 万元，2020 年获贷 282 户 1399 万元，户均贷款 5 万元），基本上有贷款愿望、有还款能力、有良好信用的贫困户应贷尽贷，解决了群众"想发展缺资金"问题。

什么是张易的"六三"模式。田玉铭向我详细介绍了张易镇干部群众和有关部门结合实际和地气，探索创新的这种模式的情况——

"六三"模式之一："意愿＋劳力＋项目"真情聚焦。一是降"门槛"。针对群众贷款缺抵押、缺担保的问题，率先落实建档立卡贫困户"免抵押、免担保"信贷扶持政策，凡是有意愿、有劳力、有种养殖项目的群众就给予信贷支持，让大多数怀揣脱贫梦的群众有了盼头和希望，充分感受党和政府的温暖。二是延"周期"。针对贷款期限短、农业生产周期长相互不匹配的问题，率先将农业贷款由 1 年期逐步延长 3—5 年，有效缓解了群众在获得种养殖收益最大化前，到期还款的压力。三是宽"年限"。针对部分年龄超过 60 岁，但有意愿、有劳力、有项目想贷款的群众受申贷年龄限制的问题，率先将申贷年龄放宽至 65 周岁，有效满足了群众的发展需求。四是给"机会"。针对部分群众因非恶意逾期还款、农户关联互保、因病因灾等重大变故无法正常还款，形成不良信用记录难以再次贷款的问题，率先释放"黑名单"，区别情况、分类施策，再次给予了群众借力发展的机遇。

"六三"模式之二："组织＋机构＋群众"合力攻坚。一是党政组织引导。固原市建立了"四个一"金融扶贫引导机制。一平台（政府担保放大平台）、一模式（信用贴息贷款模式）、一协会（信用协会）、一体系（风险防控体系），与固原农商行签订了战略合作协议，市县乡三级党委政府全力予以支持。二是部门协同跟进。财政、银行、证券、保险、担保等相关部门和机构积极跟进、协同发力，推动形成了"财政引导、基金运作、担保跟进、保险参与、银行放大"聚力打赢脱贫攻坚战的大格局。政府发挥财政资金的引导和撬动作用，注资成立担保公司，设立担保基金和风险补偿基金，分散风险、实施贷款贴息和保费补贴；银行机构将担保基金以 10 倍放大向农户发放贷款，实行优惠贷款利率，贷款周期根据农业生产周期确定；保险公司整合贫困家庭意外伤害保险、大病补充医疗保险、特色农业保险和借款人意外保险，为建档立卡贫困户量身打造了保人身、保大病、保收入、保信贷的一揽子"扶贫保"农村保险产品。三是群众互助共进。顺应民意的变革，必将赢得群众的广泛支持和参与。先富带后富，成为张易人合力攻坚的鲜明特征之一。基层党组织带头人和致富带头人（以下简称"两个带头人"）充分发挥模范作用，率先与建档立卡贫困户建立"1+X"结对帮扶关系，组建"脱贫互助组"，帮助建档立卡户定产业、选项目、保资金、给指导、找销路、增收入，一道脱贫致富奔小康。"两个带头人"根据自身经济实力和信用状况，结对帮扶建档立卡贫困群众 5—15 户不等，基本上实现了"能帮则帮、应扶尽扶"。

"六三"模式之三："企业＋超市＋终端"让利便民。一是联袂企业让利护农。张易支行与汉兵、华晶等马铃薯加工龙头企业建立长期协作关系，联合推行"订单农业"让利惠民。每逢马铃薯收购季节，张易支行给予企业足额的低息贷款保障，由企业负责对建档立卡贫困户种植的马铃薯实行每公斤高于市场价 0.1 元的保护价收购，"即收即付、随销随领"。多年来，不仅从未打过一张"白条"、赊欠过一斤土豆，而且收购价格始终保持全国最高，有效保障了群众既得利益。二是支持超市服务便民。固原农商行选择人员较为集中的超市、商铺、党员活动室等设立黄河农村商业银行便民服务超市，统一配备 POS 机、保险柜、电脑等支付结算设施并给予运行维护费用保障，为邻近群众提供小额取现、支付结算、大额转账等金融服务，极大地方便和满足了群众的金融需求。三是便携终端流动服务。张易支行选择热心群众作为代办员，配备便携式支付结算终端，按照业务量每办理 1 笔给予 1 元奖励，专门为居住较为分散和偏远的群众提供上门服务，农作物收获季节还送服务到田间地头，让辖区内所有群众都享受到便捷的金融服务。

"六三"模式之四："熟人＋担保＋协会"信用维护。一是熟人"管信息"。张易支行在发放和管理免抵押免担保扶贫贷款过程中，实行信贷员划片包干责任制，并从贷前授信、贷款审批、贷后管理以及贷款清收等各个环节都邀请"熟人"参与，注重发挥当地村组干部、信贷员、"两个带头人"等人熟、地熟、情况熟的优势，全面了解掌握建档立卡贫困户的信用状况、社会综合评价、家庭人均纯收入、劳动力、家庭资产及负债、信贷资金使用等基本信息。二是担保"扩规模"。充分发挥政府担保机构的作用，为建档立卡贫困户提供 5—10 倍不等的增信服务。三是协会"保信用"。张易乡村两级建立了信用协会，主要配合张易支行开展农户信用等级评定、授信额度测算、审核备案记录等信用评级工作，协助贫困群众转贷，帮助信贷员清收贷款。与此同时，在防控风险、维护信用的探索中，张易逐步形成了"两级信用协会负责贷款推荐、扶贫办审核备案、银行机构发放贷款、经办客户经理负责清收、财政负责贴息"的风险共担机制，不仅有效维护了信贷供需双方的信任基础，而且推动"有借有还、再借不难"的氛围更加浓郁。

"六三"模式之五："覆盖＋可得＋满意"价值导向。一是张易全域覆盖。对建档立卡贫困户实行免抵押免担保扶贫贷款以来，张易支行共为 3725

户群众提供信贷支持 1.75 亿元，覆盖面达到 70%、户均 4.03 万元。二是改革红利可得。张易支行对建档立卡贫困群众开辟绿色通道，申贷获贷率定格在 100%，严格执行一次性核定、随用随贷、余额控制、周转使用、利率优惠等政策，并保持连续性，动态调整优化。同时，对贷款到期的建档立卡贫困户实行"早晨还旧欠、下午获新贷"，对已脱贫销号贫困群众实行"扶上马送一程"接续帮扶，并全方位提供便捷服务，让群众从信贷、服务、减费让利等多方面尽情分享改革红利。三是社会普遍满意。实践证明，张易推进普惠金融精准扶贫的一系列变革和措施，服水土、接地气、益大众。不仅让建档立卡贫困户以平等的机会、合理的价格享受到了符合自身需求特点的金融服务，而且有效破解了贫困地区融资难的问题（破解融资世界性难题），还探索出了贫困地区金融机构防控风险的有效路径，广泛赢得了各级党政组织、企业、群众以及社会各界的信赖和支持。

"六三"模式之六："信用＋包容＋普及"优化环境。一是坚持信用先行。宁夏全面开展"信用户""信用村""信用乡"创建活动，推动农户基础信用信息与建档立卡贫困信用户信息的共享和对接，完善电子信用档案，有效发挥农村信用体系建设成果在精准扶贫金融服务中的作用，为张易支行实施变革奠定了厚实的基础。二是尽职免责包容。黄河农村商业银行积极落实信贷员尽职免责要求，对非故意造成的不良贷款，给予信贷员极大包容，有效维护了信贷员的利益、保护了信贷员的工作积极性。三是普及诚信教育。依托金融扶贫专题培训、阳光信贷工程、春耕支农、送金融知识下基层等活动，采用"宣传＋培训＋活动＋节目＋媒体"的"五位一体"宣传方式，普及金融知识、开展诚信教育，不仅提升了群众的金融素养，而且营造了"守信光荣、失信可耻"的绿色金融信用环境。

改革不停顿、创新无止境，张易人对金融扶贫的探索创新永远在路上。

让我们期待张易金融扶贫更多的精彩。

从张易镇返回固原市区，我们的车子在固张公路上行驶，在这条今年新修好的公路上，柏油马路油光发亮，道路两侧新建的安全住房整齐划一，庄稼长势良好，劳作的群众脸上带着喜悦和富足的光泽，青山悦目，瓦蓝瓦蓝的天空不时飘过一朵又一朵的白云。我一边饱览新时代固原山区的盛大美景，一边在思考，是什么原因让近年来山区的"旧貌换新颜"，是什么原因使曾经穷苦的老百姓的日子越来越红火。

在张易镇的采访，我获得了答案——

是和张易镇干部群众一样的广大干部群众，在党的富民政策的沐浴下，自力更生，艰苦奋斗，不断取得战胜贫魔的一个又一个胜利。

2020 年也是一个特殊的年份，在这个年份里，张易人也是战贫战疫一起抓，在抗击新冠疫情取得阶段性胜利之后，全面抓好"六稳""六保"工作。张易镇盐泥村青年赵宁在张易镇、中国银行固原市支行的支持下，贷款15 万元，整个各类投资 1100 余万元在固原市区太阳城北门投资建设"大原生鲜超市"，按照"社区零售 + 互联网模式 + 全优服务 + 优质供应链整合"的全新连锁经营，吸纳包括建档立卡户在内的就业人员 45 人，目前已经开业，经营效益良好。

赵宁也是张易本土人在新冠疫情之后第一个大胆投资创业的人，我们祝愿这个敢闯敢试的张易汉子行稳走远。

4

这个周日，也是难得的好天气。我驱车赶赴寨科乡蔡川村，通过电话预约，我要去采访蔡川村金融扶贫情况，一路经过官厅，也经过我曾经挂职第一书记驻村两年半的石庄村。

"夜闻碛外铃声苦，晓听城头角调哀。不是感恩心似铁，谁人肯向此中来。"一路上，我默诵着宋太祖时期的内侍在原州任铃辖官职时，作过的一首名为《题原州官厅》的一首诗。是啊，在古代，一个封建小吏如果不是心怀对皇禄的感恩，谁会到这么苦甲天下的地方来呢。

官厅寨科一带地处原州山区，历史上是至贫至苦之地，十年九旱。然而，敢与战天斗地的山区干部群众，在新时代硬是将这一片土地"誓将日月换新天"。

市审批服务管理局定点帮扶的石庄村，在市政府副市长周文贵同志包抓指导下，目前正在推进实施"4586"帮扶模式（人均帮扶 4 户贫困户；着力在养牛、养羊、养蜂、种植地膜玉米及马铃薯 5 项产业上精准帮扶，使年度户均产业扶持资金达 9000 元以上；新选树表彰 8 户"致富光荣户"、培育推广 6 户"脱贫典型户"）。目前这种模式因为契合"因村施策"的要求，在石庄村很服水土，稳步推进着石庄村的发展。

从固原出发，上程儿山、过石庄、刘店等村，莫约 1 个小时就到达了蔡川村。

要采访金融扶贫，乡级看张易镇，村级看蔡川。

寨科乡蔡川村，位于国家自然保护区云雾山下，曾是国家级重点贫困村。现在该村下辖 5 个村民小组，总人口 489 户 1613 人，其中贫困户建档立卡 205 户 680 人，占全村总人口的 42.28%，其中已脱贫 202 户 675 人，贫困发生率为 0.33%。

寨科乡副乡长、蔡川村党支部书记马金国这名敦实的大山里的汉子热情地接待了我的采访。在与马金国的谈话中，蔡川村的旧貌新颜在我的脑海如此清晰。

2007 年以前，蔡川村 80% 的村民住在窑洞里，仅有的几间房屋还是土坯房。路不通，照明电是低电压，用水靠水窖，一户的家底儿就几千元。村里的耕地全是陡坡地，村民靠种春麦、豌豆、胡麻等农作物，村民的日子仅能维持基本生活。"吃水没有源、走路很艰难、三年两头旱、口袋没有钱"是当时的生活写照，人们的思想观念落后，靠天吃饭，靠政府救济。

2007 年，马金国被选为蔡川村村主任，他变卖房产、转让生意，筹资

30万元回到老家，下决心一定"不负众望"，带领村民脱贫。做生意多年，马金国非常清楚，想要村民富起来，关键是产业和资金。蔡川村在云雾山自然保护区脚下，饲草优质，饲养的牲畜肉质细嫩鲜美，具有发展草畜产业的突出优势。

2008年，原州区金融办和寨科乡政府联系到中国邮储银行宁夏分行，进村入户，摸底调查，决定给蔡川村脱贫致富注入了金融"活水"，助力贫困户发展优势产业。第一批一共贷了14户，每户1万元。这笔钱真是雪中送炭，帮助村民解决了发展的资金问题。村民杨志万就是首批贷款的人，他用贷来的1万元加上平时的积蓄买来了两头牛，一改往年的种植模式，转而发展养殖业，第一年不但提前还清了贷款，还有了1万多元的收入，为后续发展积累了资金。经过十多年的努力，现在47岁的他，家里养了12头牛，全部是现代化的牛棚，每年都有较好的收益，家庭条件也不断改善，盖了一院子新房子，还买了一辆长城轿车。富裕起来的杨志万更是发挥出能人带动的作用，农民高青秀、高青录、高青贵、高青玉等人这几年也跟着他养牛，年收入人均达到1.5万元以上。

随着养牛产业发展壮大，群众经济收入提高，村民们偿还能力和信用度的增强，贷款额度从最初的每户5000元至1万元，提升至最多可以贷款10万元。一个"产业引领＋能人带动＋金融帮扶"的金融精准扶贫模式——"蔡川模式"应运而生，为蔡川村贫困户的产业发展带来了"及时雨"，金融扶贫取得了良好的经济效益和社会效益，为推动蔡川村脱贫写下了浓墨重彩的一笔。2014年，蔡川村80%农户的信用都达到了A级，并被邮储银行授予"信用示范村"的称号，对养殖业放款的时限、利息、额度都有优惠，成为整个原州区首例。2016年蔡川村顺利脱贫销号，"产业引领＋能人带动＋金融帮扶"的蔡川金融扶贫模式得到国务院原副总理汪洋同志批示，并在中央农刊《农村要情》刊发。蔡川模式被列入宁夏2017年改革工作要点，2018年6月，中央电视台《新闻联播》节目对该模式进行了深度报道。

截至目前，累计向蔡川村发放贷款1.23亿元，涉及2824户次，户均5万元，信贷资金撬动养殖产业年收益435万元，金融扶贫贷款的覆盖率达到78%。

"这些年，'蔡川模式'解决了农民发展缺资金的困难，也发挥出了农民内生动力的作用，使我们村发生了翻天覆地的变化，全村通水泥路、通自来水、通网络，农民都用上了手机、洗衣机、电脑，到处都是新盖的红砖瓦房。人均收入翻了好几倍，日子越过越红火。"马金国对村里未来的发展信心满满。

5

通过对张易镇和寨科乡蔡川村的采访，使我对原州区脱贫攻坚特别是金融扶贫有了切身的了解和体会。原州区推进金融精准扶贫的一系列政策和措施，服水土、接地气、益大众。不仅让建档立卡贫困户以平等的机会、合理的价格享受到了符合自身需求特点的金融服务，而且有效破解了贫困地区融资难的问题，广泛赢得了各级各界的信赖和支持，还激发了群众利用信贷资金自主创业、自我发展的内生动力，增强了贫困群众脱贫致富的决心和信心，使扶贫方式由单纯依靠政府投入，变为"政府主导、市场运作、农户参与"的三方互动格局，有力推动了扶贫工作从"输血式"向"造血式"的转变。

由于时间和各方面的制约因素，固原市其他各县金融扶贫工作未作现场采访，但也通过各县扶贫办电话采访，了解了很多振奋人心的情况，可以说是分别开花，各自鲜艳。篇幅关系，就不一一赘述。

根据固原市扶贫办主任陈宇青2019年10月17日在全市文艺助推脱贫攻坚座谈会上通报数据：2012年以来，全市共投入扶贫专项资金98.9亿元，每县年均2.83亿元；2016年以来，整合各类涉农资金118.4亿元，每县年均7.89亿元。这些资金全部实施到村到户，全市建档立卡贫困村村均累计投入资金2000万元以上。根据国家扶贫小额贷款政策，全市建档立卡贫困户根据评级授信结果累计贷款86.3亿元，户均5万元，金融扶贫成为产业扶贫非常重要的举措。

6

2020 年 6 月 8 日，习近平总书记在宁夏考察时，来到红寺堡弘德村，看望了村民刘克瑞一家。2007 年，从原州区张易镇毛套村移民到红寺堡的刘克瑞从来没有想到习近平总书记会到他的家里与自己的家人唠家常。

6 月 27 日，适逢端午假期，我专程赶赴红寺堡采访了刘克瑞一家，刘克瑞还沉浸在接待习近平总书记的幸福和喜悦之中。刘克瑞对我说，他经常回固原、回张易老家探亲祭祖，老家的发展变化，就像习近平总书记当年说的：翻天覆地，脱胎换骨。

小坡阳光

　　离开小坡这个西吉县白崖乡的小山村已经快十年了，但时时还会想起在这里的时光。那年，我刚从师范毕业，被分配到小坡小学做实习教师。一段短暂而充实的山村教师生活，留下了记忆中难以忘怀的美好风景。

　　一个细雨霏霏的日子，我走近了小坡，走进西海固西部土石山区一所普通的乡村小学。虽然满怀着初出茅庐的激情和憧憬，但当把铺盖卷儿随意放置于校园一间破旧的土坯房时，自己的心情一如山区的天气阴霾而又潮湿。草草收拾了一下堆放杂物的黄泥小屋，算是这个小山村属于自己的一片天地了。学校安排我担任五年级的班主任和语文老师，兼教二年级数学和全校学生音乐课。整所学校包括我在内仅有五名教师。

　　第二天清晨早早起来，天空居然放晴了，一群小鸟在晨曦中欢快地鸣唱，整个山村还在诗意地朦胧着。在两旁鲜草上挂满露珠的乡间小道上，我一边跑步，一边感受着小坡清新的空气，一边看着学生迎着朝阳三三两两走向学校。学校坐落在村里一个向阳的坡台掌掌上，虽然校舍略显破旧，但总是迎着整个山村的第一束阳光。紧张而忙碌的教学活动开始了，尽管精心备好了教案，但第一节课下来，我还是明显地感到孩子们学习基础差，一股隐隐的压力向我袭来。我所带的五年级，只有一个班十七名学生，但年龄相差大，最大的都快十五岁了。十七名学生每每在课堂上睁着求知的眼睛总在鞭策和激励着自己。

　　村子很偏远，没有集市，也没有饭馆。学校教师中三名由当地民办教师转正，过着半耕半教的生活。每天放学后偌大的学校就剩我和另一名新分来的男教师了。闲暇无聊的黄昏，我们就走上对面的山坡，坐在紫苜蓿花盛开的地埂上，看农人侍弄土地，听远处不时传来"花儿"。好长时间后，自己做的清汤寡水的洋芋面和从家里带来的干粮吃得没味了，于是我们商量着改善伙食。我们终于打听到了村里有一位姓王的女人里攒着鸡蛋，隔段时间女人就去数里之外的集市上去卖。我们走进了这家农户，一个50多岁的女人养着一群土鸡，她的丈夫几年前就去世了，儿子儿媳也双双外出打工，女人一个人带着孙子，一边供养孙子在村小上学，一边操持家务。我们说明了买些鸡蛋回学校煮面的来意。女人从一个盛有粮食的面缸里小心翼翼地拿出一些鸡蛋。听说我们是村小的老师，她坚持把鸡蛋送给我们不要钱。后来，她隔三差五地把攒下的鸡蛋送到学校。我们内心久久不能平静。我们知道，这些鸡蛋是人用以换针线换油盐酱醋，给孙子扯新衣裳缴学费买学习用品的全部，而我们仅仅教这个村里孩子们识了几个汉字。

一天傍晚，我正在黄泥小屋备课，突然有两个孩子气喘吁吁，大汗淋漓吃力地抬着一小桶烩菜进来。这是我的一个学生和他的不到七岁的妹妹，孩子手里还提着羊肉块。孩子转身走时，我的眼眶突然湿润了，这俩娃家离学校四五公里路，而且还要跨过一条沟呢！在白崖这一带，农户每遇重大节日才会宰羊，做最好吃的招待亲戚邻里等来客。这一顿羊肉烩菜的晚餐，让我长久地回味。

我尽己所能，给孩子们上好每一节课。在那所偏远的山村小学校，我还开辟了"第二课堂"：组织学生在校园里声讨美国轰炸我国驻南联盟大使馆，让孩子们懂得爱国；给学生通俗地讲"西海固文学"，让孩子们知道我们贫困山区的一种勤奋向上的精神；带学生到离学校不远的沙沟大寨山林场采摘蕨菜，让孩子们感受自然的博大和蓬勃生机。

后来，要离开学校和孩子们，心里有一种难言的伤感和不舍。再后来，我从事了与山村教师生活很远的另外领域的工作，与小坡渐行渐远。而在那一个山村，那一段时光中学会的感恩和在平凡中奉献，却一直伴随着我走向更远。不论在国土资源管理部门，还是在政府机关；无论从事城市管理，还是在乡镇基层挂职工作。我都兢兢业业，丝毫不敢懈怠，在不同的工作环境中尽最大努力践行着"为人民服务"的宗旨。

十年后的某一天，好像一场约定，我又走近了小坡。我欣喜地看到了山梁上退耕还林后葱茏的树木，看到了一行行梯田上旺旺生长的庄稼，看到翻建后崭新的学校成为山村一道最美的风景，我也听到了从大山深处传来琅琅的读书声。这天，也是雨后放晴。

小坡的阳光竟如此明媚。

风　匣

在碎姑姑家屋后的一孔废弃的土箍窑里，风匣上落满灰尘。电气化时代，风匣已经在柴米油盐的现实生活里，确实失去了实用价值。

然而，风匣却勾起了我关于童年的很多记忆。记得那时每次去碎姑姑家，碎姑姑总是在厨房中拉动风匣，烧火给我做一些好吃的。有时候碎姑姑做饭，我就蹲在灶火门跟前拉动着风匣。

我们家那时也有一台风匣。因为童年时家里粮食不足，经常吃不饱，大人不在时，我总是将鸡窝里刚下的蛋迅速地拿进厨房偷偷地煮着或者焅着吃了。拉动风匣等着鸡蛋熟的过程就是胃口大开的过程，就是一个无比美好的等待。

我不知道风匣的使用始于何时，碎姑姑家这个风匣推拉的时候还能推拉出风来，这种风，是恍若隔世的风，是留在老一辈人，甚至我们这一代人记忆里关于粗糠野菜、关于五谷杂粮的悠长岁月里的生活。

在农村通上电之后，风匣就被鼓风机替代了。手动的生产生活工具在现代基本都在逐渐淘汰。

记得著名作家、全国文联副主席、国务院参事冯骥才说过，我国每一天有80至100个村落消失。冯骥才认为，我国的很多传统村落，就像一本厚厚的古书，只是来不及翻阅，就已经消亡了。

那么，在村落消亡的过程中，作为村落的重要因子的风匣会消亡吗？

突然觉得，风匣就是现在被叫作"文化"的一种东西，应该是一种"物质文化"，风匣承载着历史的基因。记住历史是为了淡忘历史，淡忘历史是为了在根植传统精华的基础上直面未来。

现实证明，在社会发展进程中，尤其在当下城镇化背景下，在广大乡村，有形的物质文化消失得很快，而无形的非物质文化，譬如村庄的许多传统习俗，消失得更快。不论是物质的，还是非物质的，乡村的传统文化精华的保护，已经刻不容缓。

我给碎姑姑说："你把这个风匣好好留着，值钱着呢。"

碎姑姑惊异地看着我。我从碎姑姑的眼神中读出这样的意思：我这个侄子还当干部，是不是傻？就这个旧风匣，能值什么钱。

是的，在物质功用上，这个木质风匣被劈了柴，可能还烧不熟一顿饭。

我完全读懂碎姑姑的眼神，可是碎姑姑肯定没有读懂我关于风匣的酸腐理论。

我是碎姑姑从小抱大的，甚至碎姑姑的大女儿我的表姐，那时也抱着我。我的表姐如今也快五十的人了，在西海固的乡下，被岁月磨砺成一个我的碎姑姑的模样。

其实，碎姑姑会读懂我。

我永远读不透碎姑姑沧桑的一生，其中大半生拉动风匣，在黄土高原深处的一个村落里不断周而复始地升起袅袅炊烟，并很快被历史的风尘湮没。

一枝红杏艳朝那

早知彭阳杏花美，不去洛阳看牡丹。

爱花之心，人皆有之，然而，大多数中国人是非常喜爱牡丹的，从古至今，牡丹都独占"国花"地位。特别是一些文人雅士，更是对牡丹喜爱有加，流传于世的历代有关牡丹的诗文、绘画作品很多，甚至很多的家庭都爱悬挂牡丹图，在欣赏牡丹之美的同时寄托内心的某种向往。与之相反，我们非常熟悉的杏花与牡丹相比却没有那么幸运了，人们提起牡丹就是"唯有牡丹真国色，花开时节动京城""有此倾城好颜色，天教晚发赛诸花""天下真花独牡丹"等，提起杏花就是"春色满园关不住，一枝红杏出墙来""一段好春藏不住，粉墙斜露杏花梢""独照影时临水畔，最含情处出墙头"等。引申含义，似乎牡丹是一位倾国倾城的公主，而杏花就是一个不守妇道的女子。同是神奇的大自然赐予人间不同特点不同风格的两种美，被人用俗世的眼光分为三六九等。

让人聊以慰藉的是，一些公道人士认为：杏花是中国分布最广的花种之一，与很多民族关系密切，并且形态多样，可以成为中国的国花。杏花与牡丹相比，牡丹在庙堂在殿宇，杏花在广场在民间，杏花最与老百姓的生活密切相关。杏花盛开了，构成一种独特的美景让人赏心悦目；杏花凋谢之后，孕育出可口的杏子，不论是杏仁，还是杏脯，既可营养，还以开胃，也可入药，又可美容。一颗颗小小的杏子，甚至可以做出一条大大的民生产业链。如果说，要真正开展评选国花活动，我只会投杏花一票。

而杏花的家乡，就在彭阳。

杏花能否成为国花，还是一个不着边际的话题，而作为一个县级行政区域，漫山遍野盛开的杏花，俨然成为彭阳的"县花"。

多年前的一个春天，我去彭阳，被塬上花海陶醉，写了一首题为《漫山杏花》的诗歌——"是谁萌动风情／一枝红杏羞涩出墙／十万佳丽绚烂山冈／茹河之水洗尽所有的凝脂／秀色可餐的乡间女子／时而为花，时而孕果／在朝那的天空下／遍野盛开的杏花／等待着春风，阳光和雨露／而在茂密的杏树林旁／一个行吟的歌者，又在／等待着谁。"写这首诗的时候，我也没有免俗，被古人左右了思维和想象。看来，生而为人，一方面在批判俗套，另一方面自己也总是落入俗套。尽管如此，这首诗后来获得自治区旅游局、诗词学会联合举办的"塞上江南·神奇宁夏"旅游诗词全国大赛三等奖。因此，是彭阳杏花，美到我眼里，触及很多人的心灵；是彭阳杏花，给我一个小小的诗名。

我爱彭阳杏花美。

读过一位彭阳作家写下的一则关于杏树开花的寓言故事，完整的章节记不起来了，大意却刻在脑海里——有一株小小且孱弱的杏树苗儿长在荒野，不仅没人抚育，反而屡遭风吹雨袭，更被一些路过的人掐头折枝。但是这株杏树历经磨难后终于茁壮于天地之间，当春天来临的时候，杏树如期盛开一树繁花，向人们展示着生命的不可压制和坚不可摧。和强大的力量一样，只要心怀顽强的信念，杏花迟早是会傲然开放的，果实迟早是会盈满枝头的。

孟姜女哭长城的故事家喻户晓，那是一个多么感人至深的爱情故事啊。而传说中的孟姜女其家乡就在传说一样的彭阳。昔日孟姜女因为思念夫君能够哭倒长城，而今日彭阳人硬是一铁锹一铁锹地栽起了成千上万的杏树，形成数十万亩广袤的杏林。我曾经因为职业的关系多次到彭阳学习观摩城乡绿化经验，才知道这里的城乡绿化已经走在了全国的前列，譬如获得了"中国造林绿化先进县""国家园林县城""退耕还林先进县""绿化模范县"等荣誉称号。聪明的彭阳人善于做宣传，这些代表县上形象的桂冠，我们不论在主干道路的立柱广告上，还是在县城其他地方，都非常容易看得到。一个个牌子后面，都闪现着彭阳人苦干实干加上会干的流汗身影，也闪耀着影响全国所有经济欠发达地区人民不懈奋斗的"彭阳精神"。

在这个杏花盛开的地方，在这个久负盛名的"东山文化之乡"，有我很多的师范同窗扎根在基层中小学校。想来从师范毕业参加工作已经近二十年了，这一批耕耘杏坛的群体，如今都成为农村教育的骨干力量，已然把人生最美好的青春年华奉献给了山乡大地。我们这些从农村走出来的人惺惺相惜，一直保持着联系。几年前，我和在城里上班的一位同事到彭阳某山村去看望我的一个同学，他热情地用朝那鸡招待。晚上我们住同学宿舍，或许是啤酒喝多的缘故，同事总是起夜。农村学校，宿舍与厕所隔着一个大操场，而操场隔壁就是一个偌大的坟场。当同事第二次起夜的时候，硬要拉着我做伴。他虽然是一个大男人，但是怕啊，他说一个人晚上出去，看到寂静的坟场会有毛骨悚然的感觉。

然而，我的同学却在这里坚守了十多年，如今依然在坚守。四千多个白天，他在教书育人，四千多个夜晚，他要守着学校。当我们问他是怎么过来的，同学淡然地说这个地方的学生总得有人教吧。而且，教就教好，他所带的学生，在学区甚至全县的统考中名列前茅。有这样敬业的教师，彭阳的教育事业怎么不会像杏树开花一样欣欣向荣呢？十年树得杏花开，百年树得才俊旺，美丽彭阳啊，鸟语花香饭更香，山美水美人更美。

我童年的时候在农村生活，房前屋后都栽植着杏树，这种耐旱的植物一如吃苦耐劳的父老乡亲，每当杏花盛开的时候，我们一帮小伙伴就会呼啦啦扑到杏树下，这种美丽的花儿总让人感觉到亲切与亲近。后来，进城上学，参加工作后一直工作生活在城里，城里人是很少种植杏树的，就像邻家小妹不知不觉走失于我们的视线，消失于我们的生活一样，在城里会很久很久见不到杏花。如果想要观赏杏花盛开的美景，那么，就到彭阳吧。我不是彭阳人，然而，美丽的彭阳，你的杏花，恰似我的乡愁。

巷　道

　　我是见证了巷道从建成到拆迁的整个过程。也是我们家在此居住的一段历史。整整二十年。

　　也是顺应了农民进城的一个大潮，二十年前，我们家从乡下搬到城里。进城的直接原因，是父母把子女都从乡下转到城里来上学，较之乡下放羊式的教育，显然，县城的教育要好得多。我的一双父母，从农民到城镇居民，一直到现在，受了一辈子苦，都是装在心里的，从未在我们面前表露过。我深信，天下的为父为母者，都是最强大的、最坚韧的、最伟大的。

　　那时候这里是城里人，准确地说，是城里的农民种大白菜、包菜的地方，呼啦啦几年时间，这里就成了一块居民区。不仅有我们城郊来的农民，也有从各个乡镇来的身份不一的人，也有在县城上班的机关干部、教师、工人、生意人，等等。当然，也有当地的老住户。短短几年，在一整片菜地上，建起了二三百户漂亮的四合院，成了县城一道整齐的风景。

　　西关南路 88 号。

　　我们家的门牌号。

　　二十年来，巷道有让我讲不完的故事。

　　二十年来，巷道更牵着我的亲情。

　　父母自从乡下搬来后，就脱离了土里刨食的岁月，离开了务农的岁月，也就进入了在城镇艰难谋生的岁月。从父母做着小生意的艰难步履，我看到了父母跌跌撞撞一路前行的不容易。读尽了憨厚朴实的农民的能吃亏、讲信用的特点，读尽了和父母一样的一些进城农民的无奈、坚韧、胆量、智慧和过人的生存能力，更读透了"父母心在儿女上"的那一份爱。

越到后来，口子越好过了。还要感谢这个美好的时代，希望和我们家一样的更多的家庭，日子都好过起来。

巷道所在的城镇，很有些来历，地处黄河二级支流渭河一级支流的葫芦河流域。"边地从来爱牧羊，自然美丽占丰穰，但祈山草连年茂，不羡水田百亩良"。葫芦河，这条被《水经注》里称为瓦亭川的河流，历史上水草丰美，风吹草低，牛羊塞道，牧歌嘹亮。唐贞观二十年（646年）八月，太宗西越陇山（今六盘山）在西瓦亭观马牧，我们现在已经不能考究李世民面对这块游牧之地发出了怎样的感慨。但是瓦亭川上游的牧草喂出的军马，着实南征北战，给巩固李家江山立下汗马之功，让北地安定，也让大唐天朝成为名垂世界史的泱泱帝国，在盛世关中夜夜笙歌。这条河流从宋代开始又被叫作武延川，流过了元代刀光剑影的杀伐，到了明初，新一轮的帝王又开始封荫后代，葫芦河上游先后被赐为朱元璋第十四子朱英、养子黔宁王沐英之牧地，并设置牧司。洪武三年（1370年），沐英始筑城，取名曰：沐家营。沐家营也很有一些文治武功的故事，后来慢慢湮没于历史的风尘。一直到清代乾隆年间，原城池倾，沐徽与陕西都司正千户赵嵩再次督修城垣。"周围二里，高、厚各三丈五尺"，并改营为堡。历史又推进到了民国，该地设立了穆营镇，民国十八年（1929年）集市设立，为土筑街道。民国三十一年（1942年），民国政府选址穆家营设县，修筑正方形县城一座。

20世纪60年代后期至70年代初，旧城墙逐年被拆除。70年代末开始，城镇以现代理念发展成为至今的规模。巷道所在的原来的村名，叫团结村，在这个民族地区，倒是起得很好。

巷道静静地坐落在葫芦河岸边。

而葫芦河，现在俨然成为一条文化之河，民族团结之河。所谓文化之河，是一种溯流文化，是一种大河的水满了小河遍地流淌的文化现象，由黄河文化、渭河文化溯流至葫芦河而形成的地域文化，不用过多举例，西吉当地方言和民俗就是典型的佐证。所谓民族团结之河，主要是回汉两个民族在葫芦河两岸繁衍生息、有机融合，至今已经你离不开我，我离不开你，和谐互助发展。

城镇的发展真快。还在巷道没有形成的二十多年前，我在城镇上初一，写过一个《登山观县城》的幼稚作文，中心思想是讴歌城镇建设，刊登在回民中学校园油印刊物上，还获得了一个校园征文奖。彼时的城镇框架和规模，刺激了我写作文的冲动，给我带来小小的虚荣。后来，一直到大县城建设的浪潮汹涌澎湃的眼下，城镇发展速度超乎了我们的预期，经过大拆大建，回民巷所在的城镇已经成为黄土高原上一颗璀璨的明珠，现代气息非常浓厚。有学者认为，21世纪，是中国的城镇化、美国的高科技世纪。回民巷所在的这个中国大西北黄土高原腹地的小城镇，正处在发展的春天，或者说，后劲正足的黄金年代。

不经意间，巷道就被高楼大厦包围了。

从前是小镇上一道风景线的回民巷，已经显得落后了。

巷道早几年就已经被叫作城中村了。城中村是这个时代的一个热词，城中村特征，大江南北都是一样的，巷道不会例外。如果说城镇化是一场革命，那么，城中村就是最早的"革命"对象。

当我们家在这里居住整整二十年后，巷道又出现在一份名为《西吉县城市棚户区改造房屋征收补偿安置公告》的文件里。这是人心所向，当然是街坊邻居们的期盼。

我曾经写过关于巷道的一首诗，发表在某期《诗歌月刊》上。

> 从乡下到县城，做小生意，供养孩子上学
>
> 置下一套四合院。与城镇居民一起生活
>
> 父亲跟着和农村不一样的时间走，跟着城里人脚步走

总是跟不上，一直喘着气

城里人腰杆直，父亲越来越和巷道一样弯曲

我跟着父亲走

走着走着，父亲走到他季节的深秋

头上落满白霜

巷道幽深，从巷子出发

我到了远离父亲的另一座城市，生活日趋安定

而父亲的巷道年久失修，变得更加泥泞

其实，父亲一生都紧贴泥土谋生，在泥泞中走路

大县城建设的浪潮扑面而来，回民巷面临拆迁

哮喘了好久之后。父亲说：该回乡下了

　　诗歌的结尾"父亲说：该回乡下了"是一种文学的虚构，而现实的情况是，巷道要华丽转身了，父亲要住新的楼房了。

　　于是，我就有了一个期盼，那就是在很多有识之士都齐声呼吁城乡建设要避免千城一面、万村一貌的历史节点上，经纶世务者建好巷道，建一个让我们能够记得住乡愁的巷道。

　　巷道的变迁，也就成了当代中国大规模城镇化的一个缩影。

　　我们一家在西关南路 88 号居住的二十年历史，也是中国一个农民家庭被城镇化的缩影。用当下比较时髦的一句话说，就是人的城镇化，或者新型城镇化的一个缩影。

一首诗的诞生

那是 2009 年 5 月下旬的一个下午，西海固几位文朋诗友聚在一起喝酒聊天。席间，诗人红旗忽然提议去一趟位于陕西陇县与甘肃张家川回族自治县交界处的关山，他想专门拍摄几张关山风情照片，随性地提议，随性地决定，我和红旗当晚起身。一路我俩约定：此去关山，红旗摄影，我写诗歌，而且一定要拿得出手。

次日凌晨两点多我们到达关山，在羊圈栅栏旁的蒙古包我们睡至太阳微露晨曦，清晨的关山草原风物美不胜收，红旗开车上在草原的蓝天白云之下，青青的草地之上，我们穿行在草原的淡雾、蒙古包、马匹、牧羊女、皮贩子中间。在这个过程中，不用构思，不用谋篇布局，诗的语言被美丽的大自然神赐给我们。下午从关山返回，我和红旗一路畅谈诗歌及诗歌以外的话题。回来后当晚，我的组诗《关山印象》初稿就完成了，写作的文字基本是我在关山的所见所闻和我与红旗所谈的提炼。

《关山印象》修改后即电发给红旗，很快该诗被红旗编发在他主编的民刊《草根》上，后来陆续被《固原日报》《六盘山》《中国诗人》等多家报刊选载，在西海固诗歌圈内得到了普遍认可和好评，还获得固原市第五次文艺评奖诗歌奖，入选漓江版《2010 中国年度诗歌》。

《关山印象》的创作过程和自己十余年的习诗过程，使我深深地体会到：真正的好诗，是大自然的神赐，是我们敏感的诗心对自然、社会、人生的感悟和捕捉；真正的好诗，是纯正的、干净的、高贵的，就像一个心灵纯正的人本身就是一首耐人寻味的诗。多年来，自己一直坚持着对诗歌的热爱和痴迷，一直坚持着诗歌的练习（尽管作品一直都很不成熟）。写作诗歌是我的业余爱好，同时，自己多年来从事着城市环境卫生和园林绿化管理工作，每天和经风历雨的环卫工人、园林工人工作在一起，生活在一起，和他们一起快乐一起忧伤，写了一些关于生活在社会底层的人群的诗歌。

写诗和工作生活的经历，也使我深深地感悟到：只要能打动和温暖人心的清洁的语词就是好诗；发表几篇堆砌的文字的人不一定是诗人，真正的诗人不一定非要经国济世，但必须得有能写出"朱门酒肉臭，路有冻死骨"那样的诗人的情怀。《关山印象》的创作过程，也部分地体现了我的上述诗观。

如诗葫芦河

是儿女

就会永远眷恋着妈妈

——题记

1

发源于祖国西北黄土高原腹地，发源于宁夏南部西吉月亮山的葫芦河，静静地流淌着。离葫芦河源头不远的地方，有一个被叫作鸦儿湾的小山村，山村之小，在中国任何一个地理版图上，你都不会找到她的名字。

20世纪初，有一名甘肃张家川梁山的年轻人，因为清朝末年时，一路流落，历经周折，在鸦儿湾安家落户。这个清末民初的年轻人，就是我的爷爷。从鸦儿湾爷爷安家的门前发源的一条无名小河，流淌数里汇入葫芦河，她的涓涓细流先汇入渭河，后汇入黄河，终于汇入汪洋大海。

我奶奶去世得早，以至幼年丧母的父亲都根本记不起他母亲的模样。爷爷和奶奶有五个子女。长子是我的伯父，在鸦儿湾当地，我们叫他"老大"。他一生做着劝善抑恶的事情，只到和爷爷一样走完自己的人生道路。我的三个姑姑如今都已老去，在西海固农村，她们和任何一个在贫困线上挣扎的老年妇女没有什么两样。在她们年轻的时候，中国西北闹饥荒而快要饿死的时候，她们甚至一度以讨饭为生。而爷爷和奶奶的幼子就是我的父亲，和他的哥哥姐姐们相比就幸运得多了——唯有父亲，生在新中国。尽管父亲在红旗下长大，但还是没有摆脱贫困的年代、贫困的家庭造成的可想而知的命运。20世纪60年代的某一天，父亲的学校开始教珠算了，数学老师一连几天要求父亲把算盘带到学校来，父亲回去一连几天要求爷爷买一个算盘，爷爷一连几天因为没有买算盘的钱睡不着觉。父亲一连几天没有算盘硬着头皮厚着脸走进课堂，当父亲终于受不了老师和同学的嘲笑跑出教室时，就再也没有机会走进他热爱的学校了，结束了他仅仅四年的求学生涯。父亲从此恨他的父亲没有给自己买到算盘，父亲从此也恨贫穷。父亲后来对我说，那段时间他一直逼爷爷买算盘，有天他甚至站在屋后很高的崖畔畔上大声给爷爷喊：你买不来算盘我就跳崖。行笔至此，我确实再不敢写父亲和爷爷他们父子激烈的矛盾冲突、焦灼苦难的心理活动和复杂难言的感情纠葛。

好在父亲没有放弃对知识的追求。失学后，他在务农之余一直坚持自学，能写一手很好看的毛笔字，能写一段很顺口的打油诗，因此也当过民办教师。在很长的一个时期以来，父亲被鸦儿湾及山前岭后附近村子的父老乡亲看作"有文化的人"而备受尊重，很是出名。还让父亲出名的是，尽管父亲生活条件艰苦，但他硬是咬着牙坚持让自己的孩子念书。我的父亲和我的母亲一起含辛茹苦培养了鸦儿湾村考出的第一个中专生，这个中专生就是我。时隔几年，父母又培养了鸦儿湾村考出的第一个女大学生，这个大学生就是我妹妹。

我在葫芦河畔接受了初等教育。不管在上小学，还是念初中的时候，接受的都是正规的应试教育，每每老师让我们畅谈理想的时候，总是将自己的理想拔得很高，那时总以为"远大"的理想是自己发奋学习的动力。其实，现在想来，最基本的原因还是一年中到后半年总会断粮的家庭，父母的艰辛让自己的童年记忆尤深。每到开学时，父亲或母亲就捎一袋豌豆卖掉，换的钱作为我的学费。自己发奋想考一所名牌大学来回报亲人。然而，那年中考时，母校西吉回中将我作为品学兼优的尖子生免试保送本校高中尖子班，自己兼报了重点高中和初中中专并同时考上。当几个恩师确认我是名牌大学的好苗子而极力动员选择上高中时，我犹豫不定回去征求父亲的意见。父亲却病着，躺在土炕上吃力地咳嗽，父亲无言。从田里劳作归来的母亲无言。那一刻，我忽然想到如果自己读几年高中再上几年大学，家庭不知会有多重的负担。姐姐已经过早地失学出嫁，弟弟妹妹还在上小学。没等到父亲说什么，我就做出了自己的决定。

故乡的葫芦河依然静静地流淌着，流淌着。河水向前流淌，而葫芦河畔曾经发生的很多事情，曾经生生息息的很多人，都将逐渐被时光湮灭。

2

我第一次离开葫芦河，怀着当好一名山区小学教师的美好愿望，来到固原民族师范学校读书。

师范学校坐落在临近葫芦河的姊妹河——古城原州美丽的清水河畔，从葫芦河到清水河，我横跨了自己人生的第一个分水岭。时间不长，却惊异于这座宁夏南部中等学府浓郁而厚重的文化氛围。那时，正是虎西山、马正虎等一批活跃在宁夏甚至全国创作一线的西海固乡土作家当教，而且学校社团活动尤其是文学社团活动相当活跃。得益于马正虎等老师的热心和无私付出，当时的春花文学社不论在西海固文学界，还是在全区、全国的校园文学界，都小有名气。我一度成为这个文学社团的骨干分子，与当时在校的马君成、田玉铭、秦志龙、张宁锐、周国宁、杨爽等师兄弟，着实对缪斯女神进行了狂热痴迷的追求。受马正虎等老师的教益和近乎苛刻的鞭策，受时任《六盘山》文学杂志编辑郭文斌、单永珍、闻玉霞，《固原日报》文艺副刊编辑火会亮、杨建虎等老师的鼓励和"点燃"，上师范学校期间，我先后在《六盘山》《固原日报》《师范生周报》《中学生读写》等公开报刊发表了一些散文、诗歌习作。由此一发而不可收，断断续续写了一些不成熟的文学作品。也因此陆续结识了杨梓、梦也、拜学英、了一容、泾河、唐晴、刘学军、王佐红、张虎强、米雍中、马占祥、钟正平、火仲舫、红旗、王怀凌、古原、杨凤军、李方、李敏、马存贤、李义、马金莲、郭宁、倪万军、马晓雁、许艺、刘国龙等一批知名西海固、知名宁夏和全国的作家和诗人，并受教于他们的指导和启发，他们都是我的良师，更是益友。是他们一直引领我坚持业余文学创作道路。从纯粹意义上讲，我还不算一个文学写作者。因为，文学写作很神圣，也是一门博大精深的学问，自己才疏学浅，离业余文学写作者的称呼都很远，充其量只是一个门外汉。但唯一值得肯定的是，我对文学从来都怀有敬畏、怀有虔诚，心中的缪斯牵着我，一步一步向文学靠近。我对缪斯怀有爱，缪斯没有舍弃我。

师范毕业后，命运没有安排我接过孔夫子老先生留下的教鞭，赴西海固乡下去教书。得益于诗人单永珍先生的推荐，得益于自己发表过一些文字，我在西吉白崖学区小坡小学仅仅做了一个月有余的实习教师后，就直接进了葫芦河畔西吉县城的一家行政机关当秘书。此后，先后荣幸地得到原西吉县国土资源局局长马存礼，政府办主任马国栋，副县长张鹏，县长田治富等领导的关爱和提携，得以有机会在更宽广的视野、更大的天地里进行工作锻炼，并不断积淀思考，增长智慧，在更有深度的生活中进行文学写作素材的积累。为了弥补知识不足造成文学素养浅薄、功底不扎实的状况，自己通过刻苦自学，先后获得宁夏大学汉语言文学专业专科和本科学历。同时，业余时间阅读了大量的古今中外文学名著和各类社会科学及自然科学著作。近年来，自己一直在祖国西北边陲一个中小型城市默默从事着城市管理工作，行着风雨城管路，做着无悔城管人，历经着内心的恬淡与风暴。

故乡的葫芦河依然静静地流淌着，流淌着。现在，葫芦河流淌的不仅仅是水，而是积淀的智慧、爱恋和诗情的光芒。

3

　　葫芦河，葫芦河，梦里的葫芦河。总会清晰地记起在葫芦河里曾经和儿时的伙伴嬉水、捉鱼的情景；总会清晰地记起在她的岸边拾柴、放牛、干农活、唱山歌的情景；总会清晰地记起在葫芦河两岸挥洒汗水，为她的山川更加美丽而尽绵薄之力的情景。总会不由得吟起关于葫芦河所有美丽或者哀婉的诗歌。

　　也曾阅读了关于葫芦河及两岸水文地理、远古传说、民俗风情、地方物产等的大量资料，也曾在葫芦河畔历经了太多的快乐和忧伤，没有任何一条祖国大地上的河流，能像葫芦河一样让我如此熟悉，让我如此投入情怀。十多年以前，曾经为她写过一首模仿痕迹很浓的拙诗《葫芦河吆》。

　　葫芦河吆，快把你那缄默的口儿打开

　　让你动人的"古今"流淌出来——

　　当你是西吉欢乐和希望的

　　不会枯竭的源泉的时候

　　你的身边风吹草低

　　牛羊成群，牧歌嘹亮

　　葫芦河吆，当你殷勤地灌溉着

　　月亮山下每块土地的时候

　　你的两岸谷米飘香，人丁兴旺

　　西去的驼铃叮叮当当

　　有人从你这里背上了又一个大水囊

　　怎能不把你视为玉液琼浆

我写诗功力不够。业余习诗十余年，空有一腔激情，却至今没有写出一首关于葫芦河的像样的诗来，偶尔翻开自己足可盈尺的手稿，竟没有一首诗让自己满意。尽管在《六盘山》《固原日报》《黄河文学》《朔方》《夏风》《宁夏日报》《中国诗人》等报纸杂志发表了一些，尽管有一些作品获得全国和区、市各级奖项，尽管有一些作品收入文学选集，尽管也有作品入选国家级权威选本，还是生怕那些文字浪费读者时间，经不起时间考验。反复翻着自己的诗稿，再掩卷叹息，这些年庸庸碌碌，真是愧对自己的母亲河了。

三十而立。眼看着自己三十有几了，步入社会这个广阔的天地也已经十几年了，先后在西吉、固原两地好几个单位工作过了，在事业上并没有什么建树，工作生活中也有诸多的烦恼。但庆幸的是，自己一直保持着良好而健康的心态，保持着一颗对人生敬畏、认真的态度，保持着纯真和善良，保持和坚守着作为人的一些美好品质。而这些美好品质都是母亲河的禀赋。

故乡的葫芦河依然静静地流淌着，流淌着。多少年来，她不时干涸、断流，但永远保持着清洁的姿势，永远保持着汇入大海的气魄。

4

葫芦河是幸运的。葫芦河流淌过的西海固大地，是一个神秘的地方，是一个诞生史诗的地方。葫芦河一定见证过一些古代帝王将相在历史深处的若隐若现，一些文人骚客的诗章湮灭或者传唱，一些黎民百姓的生存苦难或者精神狂欢，一些或远或近的当地战事、农桑事、商事、匪事以及情事等；葫芦河一定见证过这里农耕文化、游牧文化、红色文化等不断地流变、冲突和融合。葫芦河流淌过的西海固大地，人杰地灵，是一座文学的富矿，这里文曲星高照。在这片土地上，不乏闻名全国的大作家大诗人，不乏脍炙人口、流传甚广的乡土诗歌。回过头来再看看自己这十余年零零散散、性情所致地写过的东西，实在是羞于拿出手，但是很多文朋诗友劝我出一本集子。在文学界前辈和师友的再三鼓励下，我也就斗胆把曾经发表过的诗歌收集整理一下，选辑一下，以防散失，权为存档，权为在青春感情冲动期，在西海固大地上放开嗓子吼过几声的岁月的纪念。

5

《放歌西海固》付梓之际，真诚地感谢西吉县委、县政府；感谢西吉县文联；感谢《葫芦河》文学季刊的郭宁主编和各位编辑；感谢出版社的唐晴女士；感谢付出艰辛劳动和关心、支持、关注本书出版的所有尊贵的人；感谢永珍先生和国龙先生在百忙之中为本诗集作序与跋！

6

现在，我要感谢手捧《放歌西海固》的各位尊敬的读者！浪费你们宝贵的时间，翻阅这些不成熟的心灵浅唱。此刻，作者不论在一弯新月下的葫芦河畔，不论在神性的西海固家园，还是在祖国大地的任何地方，不论是快乐着，还是忧伤着，都要向你们致敬！

回望母校

　　1999 年 5 月，我怀着潮湿的情怀，怀着对母校和老师及同窗四载的同学无比留恋之情，打点好铺盖卷，收拾好行囊，怀着当好一名山区小学教师的美好愿望，离开了母校固原民族师范，赴西吉的乡下做实习老师，意味着再也很少有机会天天在母校的怀抱里挥洒青春了。时隔整整十二个春秋，又到一个五月了，花儿依旧开在春风里，而母校的背影渐行渐远。

　　1995 年秋，我考入固原民族师范学校民族预科班，四年后，修完了小学教育专业的所有课程，毕业分配到原籍西吉工作，基本成为最后一批国家统一分配的中师毕业生。此后，母校一直变革，从往后师范生不包分配，到师范并入固原一中，再到一中迁建……2005 年秋，我从西吉调到固原工作，与第一次进师范读书的时间，也许是一种巧合，也许是一种机缘，相隔整整十年。十年后我第二次又到固原。而调回固原的第一件事情，就是拜访了师范的恩师马正虎、张翔宇、杨维东等老师，也算是第二次向老师报到吧。如今我已经成为一名城市管理工作者。这几年，亲眼见证了这座城市的发展，见证了城市里一些建筑和单位的建起，或者被拆迁、易址，或者撤销。母校也顺应了"发展"这个硬道理，发生着很多改变。直到现在，一枚印有"固原民族师范"的校徽，我一直珍藏着。和校徽一起珍藏的，还有一段历史，一段情怀。回望母校，一些青春的美好的回忆总会浮现。

　　最值得回忆的是有关春花文学社的一些事情。考入师范学校的时间不长，我就惊异于这里浓郁而厚重的文化氛围。那时，正是虎西山、马正虎等一批活跃在宁夏甚至全国创作一线的西海固乡土作家当教，而且学校社团活动尤其是文学社团活动相当活跃。得益于马正虎等老师的热心和无私付出，当时的春花文学社在西海固文学界，还是在自治区、全国的校园文学界，都小有名气。记得我离校时专门为春花文学社的老师和同学们写过一篇散文，题目叫《缪斯说：明天你是否依然爱我》，发表在校刊《春花》1999 年第 3 期"毕业生专号"上，后被当年 5 月份的《固原日报》副刊转载。编辑老师还专门为这一篇文章写了编后语："固原地区校园文学长盛不衰，他们大多以社团的形式活跃于西海固文坛，可以说是西海固作家和诗人的摇篮。他们在各位热心师长的指导与鼓励下，围绕着各自的校刊校报亲近和感悟着美好的文学——师专有《山城》，师范有《春花》，卫校有《红月》……今日花红满园，明日硕果累累。我们期待着校园文学之花越开越艳。"我一度成为春花文学社的骨干，与当时在校的马君成、田玉铭、秦志龙、张宁锐、周国宁、杨爽等师兄弟，着实对缪斯女神进行了狂热痴迷的追求。受马正虎等老师的教益和近乎苛刻的鞭策，受时任《六盘山》文学杂志编辑郭文斌、单永珍、闻玉霞，《固原日报》文艺副刊编辑火会亮、杨建虎等老师的鼓励和"点燃"，上师范期间，我先后在《六盘山》《固原日报》《师范生周报》《中学生读写》等报刊发表了一些散文、诗歌习作。正是在春花文学社的锻炼，当时在校时，我连续两年撰写的假期社会实践活动调查报告获得全校一等奖，当时全校获奖学生基本上都是春花文学社同学。正是在春花文学社锻炼的文字功底，毕业后，我做了多年秘书工作而能够感觉文字工作得心应手。

现在回望母校，回望春花文学社，感觉春花文学社确实了不起，确实培养了一大批文学高手。从春花文学社、从师范走出的师兄弟，后来大都在工作岗位上干得很出色，大多数在文学创作方面都有建树，包括从春花文学社、从师范走出的"鲁迅文学奖"得主郭文斌，"全国十佳诗人"王怀凌等，他们是春花文学社的骄傲，是母校师范的骄傲。现在回望在母校春花文学社的点点滴滴，我感觉能在春花文学社锻炼是幸运的，更多的，是对母校，对春花文学社，对老师的感恩。

回望母校，感恩母校。母校不仅仅培养了中国文学界的拔尖人才，培养了一批各行各业的骨干人才，精英人才，我在这里就不列举了，更多的是，母校培养了遍布西海固大地的默默无闻无私奉献辛勤的"园丁"。他们从事着太阳底下最崇高的职业，他们都像蜡烛一样燃烧自己照亮别人。他们就像《长大后我就成了你》歌词里唱的一样，在那块黑板上写下真理擦去功利，用那支粉笔画出彩虹洒下泪滴，在那个讲台上举起别人奉献自己。是他们背负着岁月的凝重与丰盈俯身前行，以匍匐的姿势铧开大地躬耕理想。是他们把大爱挥洒在西海固大地，他们虽没有惊天动地的事迹，却在平凡的岗位上高扬着人生的价值。毕业于固原民族师范学校的学子们，总是坚守着西海固最偏远的乡村学校，用诗歌、音乐和智慧描绘着山区孩子的明天。

就像一个母亲完成了自己的使命，师范学校在特定的历史阶段为山区教育培养了大量合格的小学教师，做出了历史性贡献。母校啊，历史将会牢牢地记住您！然而，母校和全国所有的中等师范、中专学校一样，都将逐渐淡出历史，这是科教进步和社会发展的一种必然。

回望母校，心中却有一些怅然。母校留给我们的，终将是一个远去的背影。

古雁岭随笔

　　每一座城市都有她具有表象意义的符号，或山，或水，或名胜古迹，或标志性建筑，或其他。这些城市符号，总是向世界昭示着城市的风格和品质，昭示着城市的人文精神，昭示着城市的未来走向。譬如西湖之于杭州，东方明珠之于上海，趵突泉之于济南，古城墙之于山西平遥……古雁岭位于宁夏南部西海固连绵的群山之中，盘踞于固原市原州区城市中心，有机地联结着新区、经济开发区和老城。城在山中，山在城中，以她得天独厚的地理坐标优势和传奇般的历史积淀，给山城固原赋予了独特的魅力。

　　与古雁岭结缘是因为绿化。十多年前，我还是山城内一所师范学校的学生，参加了学校组织的义务植树活动。我们带着铁锹等劳动工具，乘坐一辆大卡车，从位于东门坡的学校出发，经过西门口，跨过烧人沟，穿过了城郊的农庄和大片农田后到达古雁岭。当时古雁岭还在原固原县城郊外，距离县城约五公里路程。上山向东望去，离山很远的地方一座小县城静静地坐落在清水河岸；向西望去，是小川子连片的耕地，一些散落的农宅零星分布在长城梁（因一截秦长城沿山脊而过得名）和古雁岭之间。十多年后，自己又因绿化美化古雁岭而上山了。放眼四望，山的周围已经今非昔比，快速推进的城市化已使山城的框架舒展地拉开，颇具现代文明的城市道路网络和建筑物已经把古雁岭紧紧地包围其中。这次，作为一名园林管理工作者，作为古雁岭绿化美化的专门建设者之一，我经常在山上进行绿化美化施工，进行着栽树、浇水、剪枝、养护等工作，不知不觉间，竟把心血汗水与感情紧紧地与古雁岭系在一起了。古雁岭，变得如此亲近。

古雁岭有两个动人的传说。传说一：很早以前，有一个大将军奉君王的命令来此筑城，驻军，镇守。大将军于是找了一位风水先生勘察位置，风水先生把城的中心位置定在了这座山头上。大将军就地插了令旗，以令旗所在的地方准备筑城。但尚未开工，令旗就被一只大雁叼走了。大将军命令士兵去追，把大雁射下来，把令旗追回来。士兵在地上追，大雁在天上飞。大雁飞了十里地，嘴一张，令旗掉下来，掉到一个土包上，而且插得端端正正。大将军听了士兵的报告立即飞马查看。一看，令旗所插的地方四周平坦如砥，东有一条河，西有一道岭，正是筑城守备的好地方。就说这是天意，既然古雁把令旗插到这里，天意不可违，就以此为中心筑城。城筑好后就把这座城池叫作"古雁城"，古雁起飞的地方就叫"古雁岭"了。传说二：相传辽宋时期，辽人围着城池攻打了几天几夜，城中弹尽粮绝，眼看就要被攻下。这时城墙上的大旗被敌军射落了，城中守军士气非常低落，辽军伺机大举进攻。此时，突然从天空中飞来一只大雁将断旗叼起，放置城头。城内守军见此情景军心大振，城外将领也以为这是天意难违，便撤兵了。一只大雁救了一城百姓，从此人们就把这个城叫作"古雁城"，城边的山也因为大雁栖落过，自然就叫"古雁岭"了。

我们暂不去考究山城历史上是否有过"古雁定城池"和"古雁救城池"的这么一些事。但古雁岭却像从悠悠远古中走来的一个沉默寡言的老者，在沧海桑田中见证了山城的变迁。《诗经·小雅·六月》里"薄伐猃狁，至于大原"的记载，古雁岭就见证了周宣王派大将尹吉甫北伐的浩荡和古代战争的惨烈，也是因一部《诗经》，"古雁城"就有了正史上有文献可考的第一个地名——大原。随后，古雁岭见证了史书上称高平为"天下第一城"的壮观；见证了高平城、原州城、固原城两千多年的兵荒马乱和几经浮沉。古雁岭，见证了汉武帝六出萧关视察高平城，唐太宗、成吉思汗过原州的王者风范；见证了故原州水草丰美、群羊塞道和清水河上"长河落日圆"的壮美景象；见证了瓦亭驿上的商贾云集和断肠离愁；见证了王维、王昌龄等边塞诗人过八月萧关道时的婉约和豪放；见证了三十里铺外安西王府的辉煌一时。古雁岭，一定见证了陕北革命者刘志丹到达山城时的慷而慨之；见证了毛泽东等老一辈无产阶级革命家率领中国工农红军二万五千里长征中翻越六盘山时的红旗招展和星火燎原。古雁岭，也一定见证了延续一千三百年多年古代中国北方规模宏大的历史文化名城——"回"字形砖包城从地球上消失的悲怆和遗憾；见证了宁夏以南西海固旱海荒塬上先后生活过的狄、匈奴、羯、氐、羌、鲜卑、回鹘、党项、蒙古、回、汉等民族黎民百姓一度的生存苦难和精神狂欢。

穿越了历史的时空，古雁岭依旧静静地矗立在原州大地上，南望中原北视漠北，包容了农耕文化、游牧文化和红色文化的交汇繁衍。值得一提的是，古雁岭脚踏具有历史文化意蕴的原州厚土，因之而使得西海固抑或原州，自然而然生成进而壮大一辈又一辈，一批又一批的讴歌者和代言人，他们被中国文学界称之为"西海固作家群"，因这些在西海固天空下唱着"花儿"，在原州大地上勤奋而执着的耕耘者，而使得古雁岭紫徽星高照，文脉不断，更具神秘色彩。而今，古雁岭依然静静矗立着，正逐步成为山城的一座城市公园，成为山城的城市中心。古雁岭也逐步成为固原的一个城市符号。每每清晨或黄昏，或节假日，就会有很多人前来锻炼身体，娱乐休闲。来此感受山城承载的深厚文化底蕴，感受鳞次栉比的新建筑带来的欣喜，感受绿树成荫带来的无限惬意，也感受新时期固原异彩纷呈的发展巨变。

这些年来，固原市的决策者和建设者们按照"以人为本"的理念，大魄力大手笔绘就生态型园林城市的蓝图，古雁岭也迎来了自己的春天。短短三五年间，山上由原来只有稀稀疏疏几棵树木变为郁郁葱葱。细数起来，几年间古雁岭已经栽植了各类树木数百万株。山城绿化美化规模也在不断拓展，如今包括古雁岭在内的固原市区"五山两河（东岳山、黄崒山、九龙山、明庄梁、古雁岭和清水河、马饮河）"绿化成效已经初步显现。山城居民在享受飞速发展的城市化带来舒适的同时，也享受着青山绿水的人文关怀。也缘于古雁岭的绿化规模因素，固原"高原绿岛"的城市特色正与银川"塞上湖城"、吴忠"滨河水韵"、石嘴山"山水园林"、中卫"浪漫沙都"的城市特色一起，构成了宁夏独特的城市风景线。作为一名城市管理工作者，我和古雁岭一起见证了山城的建设者在各个工地挥洒的汗水，见证了一群辛劳得像蜜蜂一样的园林工人不分昼夜地守护着山城的绿色风景线。

金秋时节登上古雁岭，忆往昔峥嵘岁月稠，看今朝原州大地数风流。我看到了，那只背负着固原人民梦想的古雁又一次展开了腾飞的翅膀。让我们一起虔诚地祝福：

古雁吉祥！

固原吉祥！！

让梦想飞翔

师范学校毕业后，在宁南山区的一个小县城里，我在一家行政机关从事秘书工作。做过这样工作的人都知道，秘书是一件相当辛苦的差事，日常需要办理的事务繁杂并且琐碎。由于多方面的原因，我不得不放下钟爱已久的文学写作，尽管紧握着手中的笔，案头天天有写不完的总结、汇报、情况反映等，但几乎从来没有静下心来，在太阳扑进晚霞怀抱的黄昏或者夜半摇曳的烛光里，静静地展开自己心灵的稿纸，恣意地挥洒每天所感受到的生活的五光十色。

日子就这样一天一天匆匆而过。而我，也就这样一天一天置身于生活的大大小小的细节里，奔忙着一件又一件具体事务，操心着自己一天的起居饮食，牵挂着自己的所亲与所爱的人，关心着周围世事者发出的讯息。时间的发条一直紧紧拧着。无须讳言，习惯使然，有时候也觉得缺点精神生活中的"盐"。

在一个节假日里，我便拥有了很难得的休闲时光，一个人在家里慵懒着身子，躺在沙发上看着电视剧里身份不同的人为着生存的各种理由而来来往往、熙熙攘攘……

而电话却响了起来。

喂。我抓起电话。

嗨！老连手。对方说。

是宁子！

很久没有联系了，真高兴他给我打来电话。

上师范的时候，宁子是我要好的同学之一。我们经常在课余时间扎进图书馆看报纸抄资料，经常一起相约登上学校附近的东岳山指点江山激扬文字。宁子和我一样神经过敏，天天痴迷着缪斯而消得人渐憔悴，和我一样节省伙食买回好书衣带渐宽终不悔。回望在母校学习的时光里，宁子、我，还有一大群喜好舞文弄墨的同学，缘于痴爱，发起和组织了我们自己的校园文学社团，我们经常在一起组织活动，相互勉励，交流彼此的点滴收获。我们共同把一首首诗歌发表于某家刊物上，也把一个个美好的生活镜头留在了心间。师范几年的学习和生活，我们各自竟也积累了足可盈尺的手稿。

你再写着吗？

同窗数载，我们知晓彼此心里的秘密和梦想。我们都没有忘记当初美好的心愿。宁子，我可爱的学友，在我沉沦于平凡的时候，一个简单得不能再简单的电话，给我特别的感动。就像一股淙淙的流水从心间涌出来，我忽然记起了一位青年诗人写在我笔记本扉页上的一句话——

"让我们诗意地栖居在大地上，活着就是为了歌唱。"

"踏实地走自己的路，不要沉迷沿途风光，写下去吧。"我最尊敬的语文老师在毕业晚会上，如此对我殷切叮嘱。

这天晚上，我轻轻地走到了书桌前，翻出了以前涂鸦过的旧稿，虽然文笔稚嫩，但每一个汉字与标点都凝聚着血汗与虔诚。每一组朴拙的语词，都是一个初恋者令人心动的呓语。旧稿重翻，我就像在重新阅读和批注自己。我想，今后只要有阳光在桌面上跳跃的时候，我都应该铺开我洁白的稿纸。

让文学的梦想永远飞翔。

读书情结

对于我们这些爱读书的人来说，最大的喜事莫过于得些好书来读，没有书读的日子，就像生活中没有盐。假如生活中有了烦恼，只读书，便可进入一个佳境，读书可使我们感受到无限愉悦，就像走进了一处美丽的风景。

常爱读书，还真成了"书呆子"，于是便有让许多人无法理解的举动，常被认为此人古怪。春暖花开的日子，最爱捧着书本，诵读韵调，徘徊于红瓣绿枝之旁，来往于青山绿水之间，摇头晃脑，目若无人，在旁人惊讶的目光中，不觉失态，倒自落个潇潇洒洒。

常爱读书，读了好书，心情舒畅自不必说。然而，喜读书的心情常有，而好书不常用有，"喜读书者不得书读，最为恨事。"在多数时候，爱读书的人是很烦恼的，渴求好书，好书难得。常常尽己能，千方百计找书读，师友亲戚书架常常翻遍，日久天长，成为人家最不欢迎的客人。此处无咱，另觅彼处，寻到书店，装帧精美，品位高雅的好书对人真是好诱惑力，要来翻着，便已爱不释手，看着昂贵的书价，摸摸羞涩的囊，心情复杂极了，终于牙一咬，心一横，不过再紧勒几天腰带罢了，购得好书，兴奋得手舞足蹈，而后便如痴如醉、如饥似渴地读起来，慢慢地进入了书的世界。

爱好读书，于是读过的书一本本多了起来，每心有所感，便情不自禁，提笔写下点点滴滴的体会，多了便连缀成篇篇小文章，偶尔有某家报纸杂志发一个"豆腐块"，读书人便更是自励奋发，再读更多的书。自曰："如此良性循环，读书修身，岂不美哉！"

常常读书，没有过多的钱去挥霍，没有太多的时间去贪玩，但钟情于书籍，我们感到拥有了世界上最珍贵的精神财富，拥有了无坚不摧的精神力量。透过书籍的影子，看到了古今中外的变化，博览了世界各国风情。"秀才不出门，全知天下事"。通过书籍，不仅知道了穆罕默德出身贫寒，还知晓了美国学者迈克尔.H.哈特为何置穆罕默德于《历史上最有影响的100人》之首。读《论语》如与孔子会晤，读《三国演义》似见刀光剑影，读《红楼梦》仿佛置身于大观园，读《忏悔录》好似见卢梭在向你推心置腹，读《百年孤独》似见马尔克斯在魔幻迷宫向你招手。读书使我们知道了秦桧、严嵩曾权倾朝野，得逞一时的这一类历史小丑们，读书更使我们知道了岳飞"还我河山"的英雄气概和豪情壮志，于谦"粉身碎骨全不怕，要留清白在人间"的高尚情操与人生追求……

　　谁说读书清苦，有"情"与"理"自书中来，不亦乐乎！

土　炕

　　原本打算放假当天回家，母亲担心我回老家跟事会迟到，前一天打电话一再嘱咐，让我晚上回来。于是赶紧连夜回到老家。

　　到了县城，在位于葫芦河畔的四合院里，母亲把火炕烧得很旺，我一觉睡到天亮。很久以来没有睡土炕了，感觉非常踏实，睡眠很香，起来后周身舒畅，神清气爽，这是经常住在高楼上不会有的感觉。据说，久住高楼的人，身心经常被电网、通信网等各种现代化设施所辐射，不同程度地患有"城市病"，这种病的直接后果是逐渐使人耳不聪目不明、睡眠浅神经官能退化直至麻木。

　　葫芦河畔巷道的现状，用现在流行的话说就是一个城中村，或者说城乡结合部。虽然公用基础设施建设滞后甚至还有一些脏乱差，但是我想，这里的住户，只要是盘了土炕的，每天晚上的睡眠质量，肯定要比住在设施齐全的高楼大厦里的人强得多。

　　有人说常睡土炕的人会带着一股土气。其实，人与土，或者人与自然是一线命脉，是一个共同的生命体。有一句话说得好：人的命脉在田，田的命脉在水，水的命脉在山，山的命脉在土，土的命脉在树。高楼大厦是与自然的命脉沾不上边的。

　　人还是带一些土气好。有时候，土气不仅仅是一种品格，更是一种健康。曾看到一则新闻报道：韩国国土海洋部表示，在听取多方面意见后，拟将暖炕技术申请世界文化遗产。专家称，暖炕技术具有世界遗产价值。韩媒体担心，拥有火炕生产技术的中国可能成为韩国申遗的主要障碍，为抢先机必须加快进程。

　　计人豁然明白，我们身边很多被忽略了的诸如土炕之类的看似很土气的东西，却是祖上留下来的传统文化遗产。由此可见，土气除了蕴含品格，健康的因素外，还有传统文化的因子。这是一种洁净的土气。

　　就像我们过任何一个传统节日一样，都是在回归和感受一种传统文化。

村庄：乡愁

这是多年前一个村庄的真实，后来，随着国家脱贫攻坚和乡村振兴战略的实施，村庄发生了脱胎换骨的变化。把多年前村庄的真实记录下来，让我们共同感受这个美好的时代。

——题记

关于西海固深处的这么一道山岔，我想做一个简单的描述：黄土丘陵连绵，深山之外还是深山，深山的根部，有一条没有水的河流，与很多河流不一样的是，这条河流最大功能，就是让沿途的水土流失更加严重。

这是黄土高原常见的地貌。

而这道山岔有别于其他黄土高原村庄的是，有好几个自然村的名字，留在了近代很多历史文化学者的学术著作中，例如"麻地沟""鸦儿湾"等。当然，我学术水平有限，没有再做过多的考究，很长一段时间内，只写过一段关于自己的出生成长地——"鸦儿湾"的几句不算诗句的分行语词。

相传，这道湾里林草茂密

相传，这道湾里鸦雀成群

相传，这道湾里容纳了我疲于奔命的先辈

借一道深湾密林躲过了官兵追剿

鸦儿湾，西海固大地上的一座村庄

当清末陇南一群落难的饥民走投无路时

意外发现，这道偏僻的山湾

可以歇脚喘息，于是落地生根

一间土箍窑在林间雀窝边挖成了

一个婴儿出生了，一群婴儿长大了

男人砍柴垦荒，女人生炊，孩子捕雀

后来，鸦儿湾就成了一个地名

在这个假日期间，我在鸦儿湾，和农村的亲坊当家子们一起过节。我的这些亲坊当家子们，已经把我当成了客人。准确地说，我现在是一名市民，客居他乡，已经不能算作鸦儿湾的一个村民。

鸦儿湾，成了我的故乡，或者说老家。

我曾经的村庄，我曾经全部的生存与精神的栖所。

很多从农村出来，在城市工作生活的人或多或少都有这样的感受，即年少的时候一心以离开村庄为目的，而融入城市多年后却又开始回望村庄。演绎着这样一个悖论，即作为村庄一分子的时候再逃离，而从物质意义上讲村庄与自己没有任何关系了，却固执地开始构建"自己的村庄"，用以安置或者释放叫作乡愁的一种情绪。

中国传统知识分子总善于描写恬静闲适的农村田园风光和耕织生活，阅读中国古典诗词特别是田园诗，我们会发现，大多数诗人置身于山林田园之间，享受"白鸟无尘事，青山自古人"的乐趣，处江湖之远，忘仕宦，当农人，写农谣，寄情怀。

从古至今，乡村是每个传统写作者绕不过去的题材。

或者说，和许多根在农村，却在城市无病呻吟写着农村赞歌的"乡土诗人"

一样，在乡下，我总想写下关于乡村的诗句，譬如乡村的原生态美景和民俗；譬如乡村的憨厚朴实的乡亲们；譬如乡村和陶渊明写下的世外桃源一般的恬淡的生活……

事实上，在自然景观上，当下的村庄有别于城市单调的高楼大厦，具有一种异质的丰富的美。"物质挤满了城市空间，精神和情感如同城市绿地一样萎缩，诗歌的艳丽色泽逐渐失去华光，而乡村永远充盈着原生态的生机和梦想，都市诟病在乡村可以得到治疗。而恰恰乡村的创伤只有融入城市才会愈合。"这一句话来自哪里，我已经不知道出处了，不知在哪里读到，抄录在笔记本上，而在这里，却如此契合我的表达。

我想把鸦儿湾写得诗情画意，无限美好，比诗歌还美好，比风景画还美好。

鸦儿湾，我去看望我的侄子侄女。走进我大哥家，其实现在只能叫作走进侄子侄女家，因为大哥大嫂都已经双亡。这几个孩子还未成年就成了孤儿。幸亏通过好长时间的争取，孩子们都有了最低生活保障。

这一座村庄年轻而又古老，村民都是清朝和民国时期从甘肃陇南陆续移民而来贫民的后裔，村民们每家的老先人都有一个个不同的故事。

生在城里的下一代

和中国的所有节日一样，真正的节日，在农村。

只有在农村，才能感受节日的原生态特点，或者氛围。我带着孩子到乡下过节。

本质意义上讲，所有的节日都是一种精神的节日，而这种精神意义，往往被我们物质化了。就像过节，在物质意义的层面，我们所做的，就是一个字——吃。

小孩天真无邪，小孩吃得欢天喜地。

吃多了，孩子内急。

在农家小院里、在打谷场上、在田地里。在城里吃喝拉撒惯了的孩子，根本拉不出来。孩子只嚷嚷：我要回家，我要回家。

孩子多次内急，孩子多次拉不出来，孩子面色苍黄。

我的父母亲最疼孙子。知道孙子要到县城四合院的卫生间。

我的父母当机立断：上县。

无独有偶，县城邻居家的孩子也去乡下过节，因为不习惯上农村厕所被大人十万火急地抱回来。

大人们面面相觑：成了什么事了！

短　信

节假日，我自然收到很多祝福短信。

当然，我也发了很多短信。

在通信业发达的当下，和很多节日一样，我们每个人在大大小小的节日，都会收发很多祝福短信。

朋友的，同事的，上级的，下属的，多年认识的，一面之交的……

甚至很多电话号码不知道姓甚名谁。

甚至还有一些好心而热情的朋友，别人给你节日祝福短信结尾是署了名的，你看都不看带着别人的署名又转发给我，莫非你也正在疲于应付收发短信。

记得多年前，在某媒体上看过一篇被称为"新闻"的文章，大意是说逢年过节朋友们不相互走动，发一个手机短信拜年非常文明，云云。记得看那篇"新闻"（当然现在早已经成为"旧闻"了）的时候手机尚未普及或者刚刚开始普及。

人类的沟通史从遥寄明月，到鸿雁传书，到快马加急，一直到邮政，到电信，到网络，不知道未来还会是什么工具，一路残酷地把"一日不见，如隔三秋"的人类美好感觉逐渐扼杀了。就像网络上所传的那句"我就在你的身边，而你却在织微博"一样，人们在慢慢失却美好的守望。

现代科技发展的日新月异，确实提速了人类文明进程，特别是满足了人们的很多物质需求，毋庸置疑，科技手段的进步代表了人类的进步。但是，我们要防止的是，人类精神领域的进步落后于物质领域的进步，人类的精神境界不能落后于科技发展的境地，人文应当引领科技，而不是科技将人文远远甩在后面。现代通信及时的发展，使人们接触信息、接收信息的量非常大，非常快，甚至垃圾信息。反而，在信息高速发展的时代，在人文领域，特别是文学领域，原创缺乏，经典之作缺乏。

精神被物质绑架，人文被技术绑架。

我们已经进入了一个被手机绑架的时代，且进入了短信满天飞的时代。

过犹不及。收短信，不堪其烦。发短信，不堪厌烦。

人们的想象力、原创能力是如此之低，或许是惰性使然，或许是被信息冲击得情感麻木，不论所收，还是所发，短信内容基本雷同。

最省心的，莫过于群发。

假若今后在节日期间，我们收不到短信，自己也不要发短信，该是多么时尚啊！

电子和网络时代，我们的心灵感受虽然回不到"采菊东篱下，悠然见南山"的那种古典之美，但大家都给予亲朋好友安静的心灵空间，不亦乐乎。

我要和你交流，你却正在出差、正在会场、正在升职、正在上网，正在忙于你生计中非常重要的事情。

我需要安静，你却冷不丁给我一连串短信。

回复吧，我肯定虚情假意。

不回复吧，大家都会说我不礼貌，不够朋友。

明天你是否依然爱我

——写给固原民族师范学校 99 届的文友们

在这多花的季节里，在这多梦的年龄里，我们共同遭遇着一场爱情，我们都倾慕于缪斯女神卓绝的风姿，我们把奔越的激情在年轻的风景线中挥洒。在青春跋涉的履历中，心中的缪斯，我们在热切地靠近你，再靠近你。

五月是一个特别的季节，树正绿花正红，阳光正灿烂，在潮湿的五月情怀中，我们都和缪斯有一个浪漫的约会。她第一个温婉的声音，就是问：明天你是否依然爱我？其声幽幽，其情切切，我们都怦然心动，骤然心跳——

我的 99 届毕业的文友，你们都如何面对我们虔诚爱着的女神，如何面对她的殷殷心语？

杨爽你该如何作答？我知道，为博得缪斯对你的钦慕，你为她写了不少情书，把你对她的热恋溢于言表。曾因为你的情书还不够多情，不够热烈，缪斯对你爱搭不理。于是你有了痛苦，这是一种初萌的文学的痛苦，你在文学痛苦中表露了心迹，怀揣父亲的《一份汇款单》，穿上母亲纳就的《布鞋》，跟着《孔繁森》走自己《乡村教师》的路。缪斯的心，一步步地向你靠近。

周国宁呢？你总不会再说：我只是一个耕夫。在我们都心爱的这一块净土上，我们都小心翼翼地撒播着，而你，收获不菲。但你忙碌耕耘的犁铧上，飘飞的还是诗情的忧郁。在《孤独之夜》里，你在《娘。炊烟》的乡愁里，你思考着凝重的《生活》，你说，《我长大了》，想把犁尖插得深些，可心情急需一种滋润。于是，我们都久久地渴望一场春雨，打湿或者浇透，我们的梦里梦外。

吴彩霞——谁都知道，你是一个做着雅梦《追赶太阳的女孩》，你的《嫁给教育》的心思，让我们戏称为《高尚的灵魂》。其实我们都懂你的心，在细雨霏霏的梦的深巷中，你撑着油纸伞还在伤感地等待着南方还是北方的讯息！相信你《十八岁不哭》。

还有罗小菊，"固师文学"——我们沙龙里高傲的公主，与文学的《初吻》你满面绯色。都说你是"才女"，可面对缪斯的青睐你总是犹抱琵琶半遮面，是羞涩还是害怕靠近？你真的认为唯有和文学保持一段距离再牵挂着才是美丽呢？愿你勤奋依然，执着依旧。

冯兴桂，现在你还有什么沉重的心事？在每一个《悲哀的日子》里，你是否都想着写诗。我的挚友，你曾对我说，你的文学履历是在日子的平静安宁与幸福中，把笔触伸向战火硝烟。善良的校园诗人啊，愿你以后的梦境中都有红蝴蝶翩然飞翔。不管是眺望伊拉克，还是瞩目科索沃，我们德尔文学梦最终都要植根于西海固。

毕业于固师的师兄，出版了畅销散文集《空信封》的作家郭文斌，曾对我们说：99届"攒劲"。可以说是近几年固师校园文学氛围最浓厚的一届，文学爱好者方阵整齐！师兄的激励，着实让我们感动。我们都在春花文学社的摇篮里成长着，我们忘不了马正虎、何泳、张强、杨苏平、马应霞、刘惠琴等老师对我们的辛勤培育；我们忘不了朱进国、张继业、张翔宇、王慧萍等老师为我们创造条件组织一次次文学活动；我们也忘不了李万宝老师的谆谆教诲，我们更忘不了虎西山、朱世忠、邹慧平等老师的悉心指导与点化……

固原民族师范学校校园文学的沙龙里，99届文友在缪斯女神圣洁美丽的光环下，我们还可以欣喜地列出一连串追求者的名字：金满鑫、李汉标、马忠霞、郭虎、李治涛、刘海生、田彦萍、李成、张彩娥、张凤萍、马海泉、罗云琴、杨兴荣、苏凤兰、马月花、李平生、李文成、马睿、马虎奇……面孔稚嫩但雄心欲飞，思维天真但姿态自信而执着。

每当夜幕降临，当我们铺开洁白的稿纸，展开纯洁的心灵时，缪斯就会款款而来再悠悠远去。就连我们情疾的梦呓里，她总是飘然滑过我们婉约的牵挂。今天我们打点行囊准备跨上新的征途时，缪斯艺心情曳，以泪洗面，她有她的心思，她有她的忧虑。

　　以壮行色。缪斯对我们说——

　　明天，你是否依然爱我？

一道燕麦沟，写诗两兄弟

1

西海固文学版图上，有一道"燕麦沟诗歌兄弟"独特风景线。深沟山弯，李成山、李成东两兄弟将诗歌的理想和旗帜高高扬起。

2

西吉县城宛若一颗明珠，镶嵌在西海固高原上。

一条葫芦河穿城而过。这条河及其流域，历史上曾经水草丰美，牧歌嘹亮，皇家军马膘肥体壮。一阵风吹过，就会卷走那些若隐若现的战事、匪事、文事、情事，而老百姓油盐酱醋茶的烟火事儿，一直延绵不绝。

眼下的葫芦河已经过治理，河道舒展，河堤新砌，岸边栽满了垂柳、云杉、国槐及高高低地的灌木丛、地被植物，生态环境相当好，景色很养眼。河道上也修了大大小小好几座桥，拣任何一座跨河而过，就到县城南环路。南环路再向南，入乡间小道，可以一边看风景，一边走燕麦沟。

且不说沿途山清水秀，高同湿地垂钓者怡然自乐，走着走着就会逢着当地或进城赶集，或在田间侍弄庄稼，或纯属在村头散步休闲的村民，操着一口浓重的"盐罐罐"方言。"哎，你好着哩么，你大好着哩么，你娘（nia）好着哩么，娃娃们都乖着哩么，闲了到屋里浪来，喝茶来"，非常真诚热情地打着招呼，邀请你。

3

燕麦沟很美，一种田园之美。

有山有水，山是极富西海固特色的群山中的丘陵山包，林草茂密，梯田层层，水是沟底的大水库静谧清澈，堪与天空比蔚蓝。有古堡，梁顶上的一座修建于民国的古堡是官堡，而水库岸边的一座堡子明显为原来大户人家的私堡，现在堡里堡外还住着人。那些淹没在历史时光里的古堡风云际会抑或风流云散，很有挖掘价值。有民居，在青山绿水间的农村四合院有着中国北部特有风情，在国家实施精准扶贫政策之后，一处又一处红瓦房顶很有乡村振兴的气息。据口传史，这里曾是一个荒蛮之地，有据可考的是这里居民的祖上均自清末从甘肃陇南一带移居而来。这里有美食，也有现代乡土诗人的故事。

4

诗人李成山，家在燕麦沟。

我在李成山家的大上房里，在一张八仙桌旁边坐着，看到正堂上悬挂着本地一位著名书法家的一幅字画，以隶书写着"克勤克俭以立功立业，任劳任怨以为国为民"。

农家自有书香味，村民自有大情怀。

李成山泡上了茶水，端上了果碟子，端上了西吉民间特有和秘制的羊肉和烩菜。李成山以盐官人特有的厚道和待客礼节，一会儿端盘端菜，一会儿站在桌子旁边续茶倒水，一而再，再而三地让着客人吃好喝好。

夏天的燕麦沟非常凉爽，李成山家的庭院果木繁盛，大上房里干净整洁，非常适合畅谈文学，切磋诗歌。

我翻开李成山厚厚的一沓诗稿。

"盐官的烈马／冲出成吉思汗的马场／在固关的古道／溅起的蹄花／奋飞着一个民族不老的神话"（《史卷里的马蹄》），这样几个颇具豪放气势和抒情性极强的句子，我的眼前不由一亮，脑海里自然而然地奔出了诸如"北迁的盐官人后裔""寻根意识""颂词"这样几个语词。

李成山的诗歌创作是有着自己独到之处的。

一个农民，一个牧羊人，农闲时，或者羊群归圈后，也可以读读《诗经》，读读《离骚》，读读汉赋唐诗宋词元曲，也可以偶尔玩味一把史诗笔法，这又不是学院派建制派的专利。

其实李成山早在 20 世纪八九十年代的时候，就在《六盘山》《固原日报》上发表过诗歌、散文等作品，后因养家糊口等多种原因不得不辍笔。好在他一直没有放弃文学的梦想，就像他写道的："厮守一块田园／守住了春夏秋冬／穿着季节的衣裳／打理风雨星辰／赐我一片天空／跟羔羊／放牧人生／咩咩心声"（《守候》）。

写诗不养家，却养心。

在燕麦沟安身立命，低欲望生存，伺候好洋芋和牛羊，忙里偷闲，在场院周围转转，寻找诗意。

李成山在诗歌创作中，就地取材，其作品有着浓郁的乡土气息。"风儿轻轻来／寒气悄悄去／我挥牧鞭寻春意／羊儿乖乖吃／咀嚼声律轻快地奏／我不盼春盼肚圆／暮风微微吹／晚霞烂漫舞／牧鞭勤呼唤／我不等春／等你回"（《渴望》），他用精神追求点亮生活，诗化平凡如水的日子。

作为一名农民诗人，李成山始终关注文化热点，关注乡村的脱贫攻坚，关注乡村新人新事。"时代的音符／跳动着山区的命脉／驶入伟人的决策／启动了年轻人的构想／叩开了愚忠禁锢的门扉／一车一车地进入干沙滩。勤劳坚韧／撼动了风沙／一行行葡萄架／铸就了闽宁新标点／贺兰红的醇香／飘向远方"（《偶感山海情》）。

燕麦沟脱贫了，李成山的激动之情化为了诗句："窑洞／背着父辈的叹息／静静地歇缓／一些残缺的记忆／找不到应有的回味。土块草泥筑就的屋舍／告别了主人／写进历史／新型的建筑群／躺进山窝／一幢幢／一栋栋／住进了新农村。硬化路／牵引着泛青的纽带／公交迂回村镇／输送着乡音／笑弯了路径。自来水／中断了／扁担与水桶／远远地跋涉／水龙头／荡起村妇浅浅的笑靥"（《写给脱贫之年》）。

而在日常，李成山就用笔触讴歌着故乡。"洼地里／长满旱情／收获了额头的汗珠／老榆村渴望一片云彩。游荡的我／于黄河畔／捧起一束阳光／惊灼了父亲的脸。秋风消瘦了树影／一双早晚凝盼的眼睛／瞅着山口／皱成了一道风景／无法抹去的忧思顺着故乡的路／在风雪中迷糊了远方"（《故乡》）。

在宁夏，最有名的"羊倌诗人"是红寺堡的王学军。

而在西吉，也有一名"羊倌诗人"李成山，只是他在文学的边缘地带，深在燕麦沟无人知罢了。"手里的长鞭／紧握着我的径系／甩出弧形的鞭影／诱惑着羊群／频率／早晚单一。口哨，共同的语言／是我沟通的唯一／一声忽悠／刺痛痴迷于草地的神经／竖起耳朵／鼓圆了眼膜／窥视洞听／周围的动静。双唇努力地送出／一串串哨音／沿着羊肠小道／催醒回家的意识"（《牧羊人》）。著名诗人王怀凌写过一首《昼伏夜出的羊们》，很有悲悯情怀，将李成山的《牧羊人》与王怀凌的《昼伏夜出的羊们》对比起来读，异曲同工，妙趣横生。

5

兄弟俩本一行。

正沉浸在李成山的诗歌之中，李成东打工回来了。李成东是李成山的亲弟弟，和哥哥李成山一样，弟弟李成东也写诗。

李成山与李成东是——你种洋芋，我也种洋芋，你打工赚钱，我也打工赚钱，本是同根生，写诗亲兄弟。

和你一起写好燕麦沟诗篇。

在屋子里坐久来了，我移步出来。

我和李成山、李成东两兄弟走出院子，走进李成山的牛棚羊圈。那些牛羊们，俊美而壮实。我们发出感慨，人其实要感恩这些喑哑们，生而就是为人服务的，甚至牺牲自己的生命来全美人的各种需求。李成东很有诗意地说，我哥一天把时间都用来伺候这些牛羊，他总是在燕麦沟的垭豁里，吆喝着一群牛羊和白云。出了圈棚，我们又走过玉米地，在燕麦沟的坝沿上，在地埂上，一边看风景，一边随意地闲聊着，对面就是村上的高同小学。

刚刚过四十岁的李成东非常感慨。说小时候家里贫困，刚上完小学就走入社会了，天南海北闯荡，但是从小深受祖辈影响，李成东始终没有放弃对知识的追求，始终保持着对文学、对书法的爱好。打工谋生之余写下百余首诗歌。

五十多岁的李成山也非常感慨。早年前西吉葫芦河文学社成立时，李成山是唯一的农民社员，和《葫芦河》的"元老"们一起自办油印刊物《葫芦河》，早年多次在地方文学征文中获奖，并有作品收入有关作品集。可惜的是，因为混生活，放弃写作后，原来发表的作品荡然无存。

我们一并感慨。社会好了，城乡条件都好了，衣食基本无忧，就是务农，打工，只要是文学爱好者，都有条件创作了。

6

燕麦沟盛产五谷，也盛产诗歌。

李成东工闲之余用手机写作。

李成东通过微信，将他的诗歌作品发给我。

一首首出自一个只有小学文化程度的"打工诗人"作品，带着浓郁的人间烟火味道。

李成东诗歌情感非常质朴真诚。"月亮山的雪花／火石寨的露珠／高同村的清水泉／形成举世闻名的葫芦河／沿着远去的方向／起西吉，走静宁，过庄浪，越秦安，达天水，原来你与渭河结盟／编奏成一谱动人的曲子。站在天水的葫芦峡口／潺潺不息葫芦河／流淌着上游故事／少儿的童话／母亲的牵挂／乡亲父老的朴实／儿女的孝顺和游子的乡愁"（《家乡的葫芦河》）。当然，在西吉诗人的笔下，写葫芦河的作品很多，但李成东的葫芦河与别人不一样，李成东的葫芦河，是一条乡愁之河，亲情之河，文化之河。

李成东诗歌在意境上是非常空灵剔透的。当读到"碧湖绿水／鱼动湖不动。夏爽清凉／燕动我不动。时光荏苒／我动景不动"（《永清湖》）这样几行句子时，我深深地感受到，其实写诗是需要那么一丁点儿才气的，并不是所有的人都能够写诗，并不是所有的诗歌爱好者都能够写出来、走出去，而李成东是具有写诗所需要的基本禀赋的，是值得期待的。

李成东在写作方法题材上也不拘一格，信手拈来。写一些古韵飘香的句子，如："惊蛰不停牛／农民望地头。又是一年春，秋后盼满斗"（《惊蛰谣》）；"二月二日咏诗歌／祥龙抬头万家乐。古今才子词曲赋／塞上也有二月客"（《二月二》）；"闲云邀悠风／相会卧龙亭。花鸟鱼童趣／我也在其中"（《醉游卧龙潭》）；"姣姣淑女出闺楼／面裹雪纱露新柔。初誉棘果赛梅花／若美若香更一"（《沙棘》）。李成东《沙棘》的写作背景我是知道的，前两年的某一段时间，他专门收购贩运沙棘，这是一门好生意，李成东乐此不疲，可能是赚了一笔吧，很具文采地写了一首沙棘的赞美诗。当时从微信朋友圈发出来，我给点了个赞，感觉李成东是有写作潜力的，于是通过微信聊天，与他共勉。

成功的道路并不拥挤，因为坚持的人不多。

李成东诗歌有对生活的思考和叩问。"一切／都是为了生活／我们平俗的人生路／虽然落后于富裕／但一直奔攀于快乐。善待身边风雨往事／不追与奢侈／但浪迹自由／不受于金钱的俘虏／而心归平凡和宁静／且行于逍遥。人生或短暂或漫长／纵萤火之光／我们的内心世界／也会飘着点点萤光／淡淡照亮人生的方向"（《手指的对话》），这是一名打工者的人生感悟，更是一名诗人的哲学思考。

李成东诗歌是写给自我的独白。"我的内心红尘／清清淡淡。人与人争，有何价值／赢会怎样，输又如何／为人在世请不要／算计他人，攀高欺低／腹失真理，颠倒黑白／见人说人话／见鬼说鬼话／见到人鬼说胡话／算来算去算到自己"（《人生真的不容易》）。这些句子，有着燕麦沟土地的纯醇和芬芳，有着一名写作者对真善美的坚守和担当。文学作品就是要有品质，有格调，有担当。

和李成山一样，李成东写作也关注人的命运。"看到治愈的数据大于死亡数据／我想这场战"疫"／白衣天使已经占领了高地／斩杀魔鬼的消息指日可待。江城胜利的旗帜已经冉冉升起／火神山就是死神的葬身之地／中华儿女万众一心／五十六族兄弟姐妹誓师请战／十面埋伏，四面楚歌／将妖魔阻击在万里之外"（《胜利属于人民》）。在诸如新冠疫情这样的人类大灾大难面前，每一位写作者的笔触都不能缺失，创作必须在场。

7

"燕麦沟诗歌兄弟"的作品，不见风花雪月，唯有生活重音。

"燕麦沟诗歌兄弟"的写作，是一种对文学的热爱、坚守和执着。

中国文学版图上，农民写诗尽管不是很普遍，这种现象也不新鲜，甚至一些农民诗人也在诗坛上写出来了。但李成山、李成东兄弟俩相互鼓励，相互取暖，相互交流，在艰辛谋生养家糊口的间歇里，把写诗作为一种精神追求和养心方式，这至少在西海固文学界、宁夏文学界具有唯一性，是一种难得的诗歌创作现象。

我们千万不要认为农民不懂诗歌，千万不要认为农民写诗不上档次，要以谦虚之心向他们学习。反观体制内写作、学院派写作，目前存在的卖弄技巧、凌空蹈虚、常识堆砌等问题广受诟病。体制外作者的文学创作与文化建设行为，坚守了文学艺术的生命根性，生活原生态，为文坛吹来了一股新风。

当然，我们对李成山、李成东写作要求不能苛刻，要以诗性的宽容来鼓励、关爱、引导"燕麦沟诗歌兄弟"的创作走上更加纯正的路子，更加独特的路子，更加出彩的路子。

8

从燕麦沟出来，已是正午时分。

燕麦沟距离西吉县城很近，从燕麦沟通往县城这条道路，虽然每隔上一段时间我要路过一趟，但都是乘坐交通工具，这条道路我已经三十多年没有步行过了。三十多年前，与村里的小伙伴们经常在这条路上徒步往返。我是真正想在这条路上脚踏实地地走一走，是一个周末的时光，让节奏慢一点。这么多年超负荷的节奏，还真让人的大脑缺乏某种思考，对前行道路上的一些美好的有意义的风景，不是忽略，就是看不见。

我在燕麦沟村头的台掌上停下来。

我环顾着燕麦沟的一道岔，这里自然环境优美，人文传承厚实，诗歌意识自觉。这里的百姓家里都珍藏着自己喜爱的诗歌，在重大的活动与仪式上都离不开诗歌的高亢与低转，诗无处不影响着人们的精神世界和现实生活。

这一道岔，清朝和民国时期的大先生、大师傅"传道、授业、解惑"的传奇故事犹在眼前。曾研读过《西吉县志》，记录着从这里走出去，在抗日战争和解放战争中屡立奇功、新中国成立后一心为民的"老县长"，仁术精湛悬壶济世的"老中医"的故事。对这些很久以前的事儿，我们必须多一份尊重，多一份敬畏，多一份珍惜，多一份思考。

这一道岔，还健在的几位老者，有数位传承着古老文化的"绝活"。书法世家的墨宝被老百姓珍藏和悬挂，木匠世家的木工技艺和工匠精神越来越显威力，年轻时在村庄里经常唱"花儿"的老者，其自编自创的"苦歌"歌词，如果现在整理下来就是传世典藏……

抬头西望，从李成山家直线距离不到一公里的地方，李金山家的老宅被绿树掩映。蓦然记起我上小学的时候，李金山骑着自行车，把我捎在自行车后座上，我们从县城的学校回村。那时的李金山是话很少的人，我也是话不多，两个少话的人在一辆自行车上，都没有话。也许那时的李金山上中学，我上小学，我们存在年龄差距和思想差距吧，骑行了那么长的时间没有说一句话。想来也有趣，当年那个没话的李金山，如今成了一名出色的摄影艺术家。

抬头北望，从李成山家直线距离不到一公里的地方，单小花娘家老宅已经从当年的低矮的土墙土房变成了高大宽敞明亮的砖瓦房了。上小学的时候，单小花和我一个班，还曾当过一段时间班长。很可惜后来单小花辍学了，中国也很可惜地少了一名优秀大学生。所幸的是，生活为你关上一扇门，同时就会为你打开一扇窗。历经坎坷命运，后来单小花成了一名著名作家，出版的作品在读者群里很受热捧，其与中国作家协会主席铁凝交往的故事也非常感人。

我正历数这一道岔的年轻文艺人才，如：工笔画画得很精致的张宏武，散文写得很好的毛宁，"花儿"唱得很好的白虎林，等等。

却过来了一辆车，是村里发小的车子，硬是拽着上了车。

从燕麦沟进来的时候，原本我就没准备坐车，我真的想在乡间走一走的。看来人生里的好多事情，不是你能够计划得了的。

燕麦沟，下次见。

9

天开文运。

文运同国运相牵，文脉同国脉相连。

中国乡村正在全面振兴。

"燕麦沟诗歌兄弟"正在讲着脚下土地上的故事。

哥哥李成山写下《燕麦沟记忆》——"背上的褡裢／是爷爷的爷爷从陇南走过的日子／装满了东村进西村出的吆喝／装满跌跌撞撞的祈祷／装满皮货匠养家度日的家什／装满信步北迁／举无定所。疲劳困乏拖不动了／跌倒燕麦沟／挖窑洞铺地窝／让心先住下来／另辟蹊径。镢头铲子征服了山坡／糜谷运转腹径／燕麦沟有水有地／打通了南里的姑舅姊妹／日子把日子垒起来／修修补补，移花植树／就此，日月娓娓走来"。近期，李成山还写下了《牧人》《走进玉米地》《地膜上的庄稼》等诗歌，写下了散文《最美的风景》，艺术手法不断精进。

燕麦沟是高同行政村的一个村民小组。

弟弟李成东写下《高同赋》——"今我高同，辖民三千有余，有村五座。大岔、雅儿湾、高同家、燕麦沟、麻地沟。距县城十余里，新修硬化路穿境，堪为西吉县城至西滩、兴坪、平峰、甘肃南下之咽喉。北见穆桂英山即到县城，南以堡子梁为关隘道口。左右邻村各有故称！位县城之南郊，高同当之。然物美天华，山青水绿，人杰地灵。或曰：我辈游子，待功成身退之时，于此终老，修一茅庐，种瓜栽果。夏热之时，于树荫下掩卷品茗，秋黄之际，于硕果中谈棋论画。人生之乐，不过尔尔。美哉高同，坐观山水；故哉高同，歌以咏之！"

新时代，像李成山、李成东一样，还有更多农民作家诗人们讲着"中国故事"。

而"燕麦沟诗歌兄弟"现象在农村文化建设上，有着可圈可点的诗歌文化品牌效应，值得引起各方面关注。

麻地沟走出巾帼诗人

如果说西海固大地上每一株小草都带着文学的露珠，那么，每一道不起眼的山沟，总会走出那么几名诗人。

在西部新乡土文学作家群里，有一道"燕麦沟诗歌兄弟"独特风景线。

这里真是一块神奇的土地。

从地理上，紧挨着燕麦沟的另外一道山沟，叫麻地沟。不论是燕麦沟，还是麻地沟，李成山、单小花他们这些姑舅们，都撒播了些诗文。

从麻地沟走出来的巾帼单小花、单玉蓉，一个是姑姑，一个是侄女，她们一道从麻地沟出发，她们一道走向文学高原，她们一道攀登文学高峰。

麻地沟巾帼同样是西部新乡土文学的一道靓丽风景线。

当中国作协主席铁凝看望慰问基层作家，握着单小花手的时候，她一定感受到：这遍地生长文学庄稼的土地上，文学是多么有力量，诗歌多么有希望。

单小花是一名励志作家，其个人文学创作及成长有着传奇般的经历。

我们是同学，我却比她大一个辈分。

早年在高同村小学念书的时候，单小花与我姐姐一个班。当时她们两个小女孩，小时候都家里穷，我记得她们经常只要谁有一个糜面碗钵子都掰开两人吃。谁家有好吃的，另一个便会"改善伙食"。

我在村小念完二年级就转学到县上城关回小，怕跟不上城里学生，留了一级，继续从二年级念起，姐姐就辍学了。我念到三年级的时候，单小花也转到城里，和我转到一个班里。我们同班的，还有后来写小说的马强。当时的班主任王志雄老师给我们教语文，是我们共同的文学启蒙老师。

单小花勤奋上进，学习成绩优秀，组织能力强，当了好长一段时间我们班的班长。

令人惋惜的是，小学毕业后，单小花就辍学了。此后人生经历坎坷起伏。所幸的是，她一直都有文学梦，并没有放弃追求。国家虽然少了一名优秀的大学生，但磨砺出了一名优秀的作家。

单小花创作成绩斐然。先后在《文艺报》《中国校园文学》《散文选刊》等全国数十家刊物发表作品。出版合集《就恋这把土》和个人作品集《苔花如米》。散文《樱桃树下的思念》获宁夏回族自治区第十届文学优秀奖。可以说是一名较为活跃的作家。

近年来，单小花创作了大量诗歌，非常厚重。这些诗歌的字里行间，透着生活的本真镜像，生命与精神的顽强，希望的亮光！"秋天／在诗情画意中／与您重逢。相拥的那一刻／激情涌动在眼眶／好让这个瞬间／永远定格。九月／刻骨铭心的一月／我将记忆／全部珍藏"（《重逢——赠铁凝主席》）。"你给我落寞的人生／抹上了一道／亮丽的色温。像雨露／滋润着我干枯的心灵／像母亲／抚慰着我受伤的心。我的灵魂深处／一抹温情／像阳光一样／像一盏灯。有你的陪伴和指引／我的人生／不再孤零零"（《致文学》）。

像单小花这样一群本土农民作家放下锄头握笔头，耕罢农田耕砚田，以笔为犁，逐梦前行，用文化的力量深耕泥土，让文学庄稼生生不息、苗壮成长，让文学之花在盛开高原。"乡愁是父亲跟在牛后的那把犁／母亲犁沟撒籽的那双手／乡愁是母亲和风箱的弹奏曲／煤油灯下的千层鞋／乡愁是门前的老井／屋后的老树／是山上的盘盘路／山下那条弯弯的小河／无论我身处何方／乡愁永不褪色"（《乡愁》）。

单小花还写下了《想念父亲》《妈妈，我想您》等大量的诗歌作品，并且出版了文学作品集《苔花如米》。

相比于姑姑单小花，侄女单玉萍就幸运多了。她上过大学，毕业后参加工作，有固定收入。单玉萍的现代诗歌凸显明显的抒情性特征，好多诗歌作品讴歌亲情。"爸爸／你将过往的点滴／揉进了我记忆的心田／每当夜深人静的时候／在我的脑海里一一铺展。我离你如此近／看见你的笑容／听见你的声音／我离你如此远／跨越不了生死的界限。夜深了／抛开所有的繁杂／一个人静静地想念"（《思念父亲》）。对逝去亲人的思念，有时候是没有节制的。"时间稀释了失去你的痛苦／只是这思念／如同您坟冢上的野草／越长越高／越长越密／用了所有的力气想拔掉它们／反而更加浓密／塞满了心房／钻进了骨髓。罢了／让它们自由地生长吧／让过往的每一帧画面／出现在生活里不经意的瞬间／用心串联碎片的时间／我还是一个有爸爸的女儿／只是这思念从未间断"。

一名诗人的出行，总会有诗篇诞生。"新疆啊，当我带着虔诚启程／车轱辘丈量了你的长度／我用心感受了你的深度／你把过往的艰难揉成了泥巴／掩埋了所有的苍凉／倔强地将山峰戳破苍穹／你就是一个强壮的汉子／向我展示了你的壮美／坚定地守护着祖国的边疆／作为同胞／我热泪盈眶地望着你／愿你安好"（《新疆行》）。读单玉萍诗歌，让我们看到，这是一名勤奋的诗人，常常在日常点滴中捕捉灵感，把所见所闻写在诗行里，给自己的生活增添些许诗意。

作为一名诗歌爱好者，或许，把自己写愉悦，就行了。想怎么写，就怎么写。单玉萍的写作是随意的，运用文字的形式也是不拘一格的。"云映水中阔天空／浑然一体如仙境／三五成群减肥人／步履缓慢忘初衷"（《黄河岸边》）。"天狼仰脖望夜空／长嚎一声惊苍穹／慕者少年与稚童／胸中大志初建成"（《天狼》）。当然，对于一名出道不久的文学爱好者，我们也不要以专业诗人的标准苛求，经常练笔总比不写好，所有的成名诗人作家都有个起步发展的过程。

西吉真正是一片盛产文学庄稼的土地。

像单小花、单玉蓉这些巾帼诗人，正在出发。让我们对她们的创作拭目以待。

头条剪贴

我第一篇公开发表的文字，就在《固原日报》（为行文简洁方便，以下简称固报）。

是一篇短新闻稿。

那是 1998 年 7 月的一天，固原地区作家协会召集当时固原师专、师范、卫校等大中专院校有文学写作特长的学生，开了一个座谈会。我作为固原民族师范学校学生代表，作了会议发言。会后有感而发，杂七杂八写了一篇东西，第二天送到时任固报编辑张国长先生手中。没想到，此文被张国长修改后，以《地区作协召开校园文学座谈会》为题，在当年 7 月 4 日的固报发表。随后，取到样报、收到稿费、到处卖派，享受着小小的虚荣……感觉那个美啊！

现在想来，那是固报对我一次极大的精神鼓励。可以说，一篇豆腐块的发表，已经预示着将来要走一条与文字打交道的路。而固报为我铺就了这条路，并将我扶上了马。自此，送了一程又一程。

现在还在路上。感谢固报，还在呵护着我，鼓励着我，走向更远。

我一直保持着一个习惯，就是剪贴报纸杂志上的好文章，至今积累了好多本，固报的文章，在我第一本剪贴本的头条，且占据了我所有剪贴本的绝大多数页码。如今，我的剪贴本或者不如直接说是固报，俨然已经成为我用之不竭的精神粮仓。

当阅读和收藏固报已经成为习惯的时候，当很久没有读到固报感觉生活中缺少一些滋味的时候，蓦然发现，不能没有你——《固原日报》，你已经占据了我的一部分生活，成了我潜藏在内心深处的一个美好。

更为具体地说，《固原日报》是我终身受益的老师，给我长期心灵的温暖。也长期地强化训练着我的三幅笔墨，一是新闻之笔，二是公文之笔，三是艺文之笔。自从在固报发表第一篇文字之后，就被固报点燃了写作激情，随后写了很多东西，陆陆续续发表，也有一些就发表在固报。

在当下突出的一个现象是，新闻、公文、艺文三者人为地成了三个不同的语境系统，互不相干，在各自的体系上均成八股之势，正所谓挑葱的见不得卖蒜的、卖石灰的见不得卖面的，写新闻的看不起写公文和艺文的，写公文的看不起写新闻和艺文的，写艺文的看不起写公文和新闻的。文种的割裂造成文人相轻。我个人的观点是，同为文字工作者，应该合力倡导文风的革新，古人的一纸公文可以成为散文的千古名篇，而当代的文字工作者更应该传承和创新。《固原日报》持续呈现的文风，正暗合了我的文字追求。

自己长期从事文字工作，既写公文，又写新闻，业余闲暇，也写一写文学作品。不写的时候，大多数时间在阅读，而《固原日报》是不可或缺的阅读资料。不仅如此，我读《固原日报》，基本上是几个版面全部读完，所有刊发的文章无一遗漏。读固报刊发的各类新闻，了解社会动态；读重要讲话和文件，了解政策走向；读副刊作品，陶冶情操。更为重要的是，通过阅读，琢磨报纸上各类文章的写法以提升自己，也是职业习惯，有时甚至琢磨某一篇文章是不是再需稍加修改或许会更出彩。很多的夜晚、周末或者节假日，都是沉浸在报纸上的文字里度过。也因此形成了一个没法更改的习惯，就是每每睡觉前，必须阅读，床头经常备着一些书籍和报纸杂志，有时候已经睡着了，脸上依然覆盖着一张《固原日报》，闹出不少笑话。

《固原日报》与我如影随形。今年前半年的一次洛阳出差，临行前，随手往包里塞了一沓《固原日报》，充实了往返旅途以及宾馆一个星期的时光。在异地他乡，阅读家乡的报纸，别有一番风味在心头。这是一份带着泥土的芬芳、接着地气又胸怀天下、放眼世界的报纸啊，总是与我如此亲近。

做人需要谦虚，但是一定要自信。多年从固报汲取营养，多年的刀笔小吏和爬格子生涯，不论哪一类文体，自己都能写，且都能写好。尽管没有成就，但也能聊以自慰。这也许是一个胸无大志的一介布衣、一个庸常者的惯有心态吧。

与固报结缘已久。相信随着岁月的推移这种缘会更深。

而殚精竭虑为我们开垦和耕耘《固原日报》这份精神园地的固报人，向你们致敬！

固报人，是我十分熟悉的一个团队。在工作上，我们有很多的交集，

在生活中，很多固报人也是我私交很深的老师、兄弟姐妹。现任市委宣传部副部长、固原日报社社长王志贤先生，早年曾在西吉县国土资源局当过多年秘书，后来我接任国土局秘书岗位后，志贤先生在单位极好的口碑，成为我做好秘书工作的第一个学习楷模。志贤先生在西吉县政府任职的时候，恰好我又调到固原政府办当秘书，先生的言传身教让我受益匪浅。后来，都先后调到市直单位工作，多年来，志贤先生曾温厚、实在地帮过我解决很多工作生活中的困难，一直感念在心；现任固原日报社总编辑古原先生是一位资深新闻工作者，也是一名让我十分崇拜的作家。古原先生出版的著作《西海固情节》提升了我书架的档次。一个寒冷的冬季，古原先生写有鼓励之言的贺年卡就像一个火炉一样摆在我的面前，厚重大方的字迹有浓浓的书法味道，文如其人，字亦如其人。我将其作为书签夹在重要书籍之中，不时打开看看，总有一种励志的感觉。

还有很多固报人，一直在我的心里。

前段时间，在街上偶遇固报办公室主任李强先生，鼓励我写一篇"我与固原日报"的文章。我诚惶诚恐，一则害怕落入写应景文章的俗套贻笑方家，二则认为征文专栏是重量级人物和文墨大家的舞台，自己写分量不够，没有敢写。但是当过老师的李强先生给我布置作文，就是督促我不要懒惰，坚持写作。是的，只有坚持练笔，才会有提升。是的，一个写作者，其成果就是取决于写与不写。始写下拙文，聊以表达受益《固原日报》十多年的感激之情。

守望与吟唱

写诗，也算是提纯日渐蒙尘心灵的一种颇为健康的方式。

生活，是需要那么一丁点情趣的。

1995 年诺贝尔文学奖获得者、爱尔兰诗人谢默斯·希尼在《舌头的管辖》一书中论"诗的力量"时谈道："从某种意义上说，诗的功效等于零——从来没有一首诗能阻挡住坦克。但从另一种意义上说，诗的功效又是无限的。"希尼认为："诗歌与其说是一条小径，不如说是一个门槛，让人不断接近又不断离开……"

就像挥之不去的一种美好的感情，我依然在守望着诗歌。

为什么说守望，因为诗歌之于我，若即若离而又如影随形。我不是一个一直在写诗状态中的人，更多的时候，或许忙于生计，在一些具体事务中让时间流逝。而业余闲暇，就想写点什么，更多的时候，我选择诗歌。这是一种风姿卓绝而充满诱惑的绝美文体。写诗让我们被世俗日渐侵染的心灵得以净化，也让某种情感或者情绪得以慰藉和释放。

最近一段时期以来，我阅读过去自己写的作品，否定，否定，一再否定；同时对于自己粗浅的阅读以及一些粗制滥造的阅读材料，一并否定。

也同时对当下大量的所谓的"诗歌"重新审视。

什么是"诗歌"。

怎么写诗。

一名写作者，在某个阶段，慢下来甚至放下笔，或者比一遍又一遍地重复自己更重要。文艺要拒绝生产快餐作品。

板凳要坐十年冷，文章不写一句空。

写诗尤其要如此持身。

我感觉自己需要做的，是重新确立标杆、定位方向。

作为一个胸无大志怀无诗书却空有诗歌情结的人，在俗务连连中安身立命。有时自我感觉良好，譬如扫净马路、清理垃圾、擦掉城市牛皮癣……认为干了很有意义的事情；有时候感觉很无聊，譬如疲于应付所谓的酒桌文化、听一些写一些说一些冠冕堂皇而实际上无异于谋财害命的累牍连篇的废话……这些虚度光阴的事情，有时也让人思考很多。但愿这些都能像静心阅读大师作品和经典名著一样成为一个诗人所必需的积累和沉淀。

二十年来零零碎碎地练笔，一直没有达到诗歌写作的自觉状态和理想境界，但我一直没有放弃追求。

不敢自信会有几首好诗歌等着我写出来呈现给读者。

能肯定的是，自己将一如既往执着地——

守望与吟唱。

一元复“诗”

2022 元旦之际的这个线上诗歌作品赏读会，非常有意义，我感觉有一种古典风范，回到传统的感觉，读书人谈诗论艺，谈笑间，有风花雪月，有金戈铁马，有民间箫竹，既有一种超级时尚，也有一种后现代主义的感觉。

讨论的是我的诗歌作品，所以我还是比较紧张的，大家展开发言的时候，当一句又一句点中要穴的句子出来的时候，其深厚文学理论学养支撑和诗学实践拾词，出乎我的意料，不断刷新我对周围与上边文友的认识。

应该说，一些观点是十分高端前沿的，丝毫不比国内任何一个诗歌论坛大咖发言逊色。马正虎老师说："马金莲十年磨一剑，力斫《孤独树》，春花园一周一论诗，齐举《新诗经》"，不知道这种形式有没有什么引领意义，现在还没法说得清。

都是一些西海固爱好写作者，秉承着"做不是诗人的人，写不是诗的诗"理念，大家都在社会在单位在家，肩上担负着另外的很多东西，创作只是业余爱好，话都说得很实在。近几天的聊天，有几句话令我印象深刻，很有触动。如马金莲那句"人到中年，就是磨道里被捂住眼睛的驴，每天都在昏昏沉沉糊里糊涂按惯性往前傻走，不到卸磨闲不下来"，如史静波那句"好多事情，不是有意义而去追求，而是因为追求而有了意义"，等等。这些话道出的是中年人的生存生活与精神追求的惯常状态。有时候，读到好的文字共鸣之后，也会有某种释放的感觉，这也是文字的力量吧。

一直跟踪细读阅读了大家创作的文学作品，感觉总在提升，每个人的作品总是在不断突破自己，有产量，有质量，有情怀，春花诗风，文学杨河，坚持走在纯正的路上，越来越能"飞入寻常百姓家"了。就像今晚大家对我的温暖肯定，批评点拨，鼓励期待。正如马君成所说："只是我的批评是为了兴民的成长，也为了大家的诗路越走越远。"

有人说成功是熬出来的，本事是逼出来的。还有人说青色的麦芒总是趾高气扬，而成熟的麦穗总是低着头。每一位文学写作者都有一条不为外人称道的坚持之道。也正如金玉山的一段话："作为农民出身的李成山、李成东兄弟用农人特有的质朴语言写自己所思所想、所爱所恨，明明白白、坦坦荡荡。尽管有些词句略显稚嫩，但这丝毫不影响读者的美感。作为文学之乡的宝贵粮仓，应该是五谷杂粮，应有尽有。看好西吉大地上以成山兄弟为代表的一大批农民作家，他们是一支接地气的不可忽视的生力军！"

立文之道，唯字与义。2021年后半年，我写了杨河系列组诗，统一叫作《杨河村史记，或诗记》，这个系列目前已经完成初稿150首左右，尽管粗糙，有待时间与精力的细细推敲磨洗，但也是一种真情的表达，总感觉这个世界上还需要一种实诚的东西！追寻与叩问，不经意间，会洞开一个隐秘而广博的视界！尽管对别人，都不是很重要。无论是书写老百姓集体记忆，还是书写自己的内心，我们都必须走在自己的路上，笔是不能停的。马春永说，必须找到自己的"领域"和特色，太重要了！

春永还谈到一个创作灵感的问题。其实我想写写《杨河村史记，或诗记》，既是偶然，也是必然，有时候一组作品等人，有时候人等一组作品，有时候是人与人的相互启发，比如我写杨河系列长短句，真正是受杨河村木兰书院，还有为重塑当代农民新概念添砖加瓦的"宁夏一农民"史静波启发，这个"宁夏一农民"不论是写完108句长诗塞上行，还是再作罐罐茶赋，或是进行一场新乡村建设的新试验，都值得书写。

阅读一部中国文学史，你会发现古代的大诗人，真正的诗外功夫，与诗无关又紧密关联，人生的过程本质上何尝不是追求诗与远方的过程。这个"宁夏一农民"的诗与远方，就是"九园之乡"的古老田园牧歌与新时代乡村振兴的诗意走向。

这个"九园之乡"即：建设宜居宜业的家园，高效生态的田园，市民休闲养生的逸园，人与自然和谐的乐园，游子寄托乡愁的留园，农耕文化传承的故园，民间矛盾调处的谐园，应对新型灾难的后园，累积家园红利的福园。必将是发表在大地上和老百姓心坎上的经典之作。

这个"宁夏一农民"，努力推动农民写诗，有着他的观点："我并不是从文学层面去衡量他们的价值，而是从社会建设上审视他们的意义：在乡村振兴的新时代背景下，乡村需要自己的文学，乡村需要自己的诗人。""农民的文学创作，是对乡村生活的多维度记录，是对乡村振兴历史进程的记录，也是农民自身振兴的记录和书写。同时，它将深层次地影响和推动乡村建设。""我坚信，一个以乡村建设者自己为主体的新文学和作家群体，一定会很快崛起在中国大地了。"

这个"宁夏一农民"提出"文学杨河"概念，并予以理论阐释，响应者众。我也写了一篇《也来谈谈"文学杨河"》，感觉修改空间很大，让先在电脑文件夹里躺着吧，看会不会有诗意的发酵。

正在谈诗论艺的时候，手机里也会不断弹出关于西安疫情的有关信息，又读了陕西作家野水先生"疫情居家日记"，就希望新冠疫情能够得到很好的防控，就希望老百姓们都能够平安吉祥，就对新的一年有了另外的期待，借用今天元旦一个流行祝福语表达，就是：人人安康，岁月静好，初心不忘。

诗意的村庄

1

从木兰书院出发，我和史静波沿着蜿蜒村道，田间林带，地埂土坎，以爬山的姿势朝着梁顶而上。梁顶上的那一座古堡，盛满古今与花儿。

西吉人或者来过西吉的外地人，或许都有关于杨河古堡的印象。只要你从西吉东下了高速，往县城方向，朝着大山抬头，最高处的一座古堡，就会或清晰，或模糊地映入你的眼帘。

看到，或者看不到，取决于你的视力。

视野之内，如果你忽略了这座古堡，多么不应该。

这么一座颇具地标价值的古堡，怎么不值得你停车、驻足、久久凝望呢？

早些年读余秋雨的文化散文，感觉实在棒极了，余秋雨笔下的莫高窟，道士塔，天一阁，等等，让人记忆深刻，反复体味。惊叹于余秋雨文笔的同时，就梦想着，什么时候能写出余秋雨《文化苦旅》这样美的文字。我是通过各个视角，注视，仰慕，阅读杨河古堡很久了，一直想写一写杨河古堡，可是总苦闷于笔力不够，没有泉涌的文思。那就向高人请教吧。

在脚下的这片土地上，必须保持谦卑的姿态。

早春的午后，阳光很好，很适合爬山，但是两个人到中年的男人身体偏胖，爬得气喘吁吁，可这丝毫不影响心情。

关于这次登山，我写了一首《周末与史静波登杨河古堡》的长短句："我说：咱们步行登临／静波说：远着哩，咱把车开到半山腰。'我的所爱在山腰，想去寻她山太高'／木兰书院有人朗诵着鲁迅的句子。刚从大岔里吃过羊羔肉／两个体形微胖的中年男人需要一趟跋涉。春风吹着杨河村，吹着一坡又一坡桃林／我们吭哧吭哧爬坡，又在田埂上歇缓。聊聊王六十子家的狗，在窝里半眯着眼／享受生活的样儿还真令人羡慕。我们相互指笑着肚腹／好男人虽然要丑哩，但也该减减肥了。登上古堡，站在村庄地标／读过一道又一道梁峁，风流云散。堡墙厚实，历经岁月风蚀雨袭／最适合于背子宽的人合张影。两个'少年'漫美了'花儿'／上去个高山望平川，平川里有一对牡丹"。

我把这首诗发在微信朋友圈里，和文朋诗友一起消遣和打发业余时间。静波和诗一首《周末和兴民登杨河古堡》："一个是诗人，另一个也自以为是诗人／至少在缄口不语的杨河梁上／没人表示反对。两个男人／聊六十子家的狗，聊隆起的肚子／聊花儿，也聊燕麦狗、硝河城，穆家营／和杨河古堡相似的很多个古堡。唯独小心翼翼地绕过了文学和诗歌／或者也聊了／但诗人在他的作品里／做了隐化处理。中年男人谈话／讲出来的都是笑话／真正重要的话常常欲说还休／欲说还休，却也心知肚明。山头的猎猎西风可以作证／尚未苏醒的野草和杏林可以作证／葫芦河里才消融的河水可以作证／上百年静静矗立的古堡可以作证"。

文人唱和，吟诗作赋，也是一件非常有意思的事儿。

杨河古堡所在的村庄，自然就叫杨河村。

每逢节假日，我总是喜欢去杨河村，去登古堡，或者去木兰书院，感受一下厚实的文化氛围。在一道文化墙面前，静静驻足，阅读这么一句话："期待木兰书院成为西海固文学的又一个出发点，美丽乡愁的落脚地。"这是作家马金莲的一句话，鼓励基层作家们在乡村振兴和传统文化复兴背景下，扎实地读书与创作。

在宁夏和甘肃民间，把甘肃陇南、天水、定西等地称为"南里"，而把西海固一带称为"北里"。我通过长期调研后发现，由杨河、泉儿湾、高同、夏大路等村组成的方圆十里之地的"北里人"，都是自清末以来的"南里人"移民后裔。在这个其他地方所没有的"南里文化"和"北里文化"的交融地带，我暂且称之为"葫芦河西吉县城段南岸十里乡村文化区"。这个文化区文艺土壤非常丰厚，天开文运。令人震撼的是，近年来，杨河村本土及周边，单小花、李成山、李成东、赵玲、史旭等数十位作家特别是农民作家扎根泥土，激情创作，在《民族文学》《天津文学》《西藏文艺》等国内专业文学杂志和《西部新乡土文学》等自媒体平台发表乡土文学作品1000多首。千余首诗文，万千情怀，一种紧贴大地姿态的读书与创作，张扬着现实主义和浪漫主义，形成备受关注的"文学杨河"及其"文学杨河作家群"现象。这里的每一位作家的心里都有一册祖国的壮阔河山；每一位作家的心里都装着人民的悲欢；每一位作家的心里都酝酿着乡村振兴的伟大诗篇。

"文学杨河"及其"文学杨河作家群"依托木兰书院这一新时代民间颇具推动力和组织力的平台，在城市化、工业化、信息化、农业现代化深刻推进的时代背景下，把好文章写在大地上，写在人民中间，尤其写给最底层的民众，写在了老百姓心坎上，那些芬芳着泥土醇香的诗歌，又被大量自我振兴的农民阅读，实现着乡村文化繁荣。

在杨河村，诗人和诗歌是最高光排场的存在，并不断走向文学高原，攀登文学高峰。

4

我在跟踪阅读"文学杨河"及其"文学杨河作家群"即时创作的"文学杨河·诗咏乡愁"系列，他们笔下的星辰大海，有着波澜壮阔的诗意和梦想。

单小花的诗歌《背篼》："曾经背着背篼 / 去沟里、树林里捡粪 / 到山上铲草、拾树枝 / 给牛羊添草背柴火。也用它背起脏衣服 / 去沟里洗 / 锄地收割庄稼时 / 还用它背过孩子。在地里挖个小圆坑 / 将背兜栽在里面 / 固定稳当 / 把尿布垫在背篼底 / 将孩子放在里面。孩子在背篼里玩耍 / 我在地里割粮食 / 时不时互相对望 / 孩子笑了，我也笑了。背篼虽小 / 但用处很大 / 不仅能背回一座山上的草 / 也能背着孩子长大"。这首诗写她生活与生存的亲历。一个背篼，被最大化挖掘了使用价值：捡粪，给牛羊添草，装衣服，甚至背满了生活的酸甜苦辣，背满了一个人的命运……"背篼虽小 / 但用处很大 / 不仅能背回一座山上的草 / 也能背着孩子长大"，冷静的叙写的，或许是别人，或许是诗人自己。字里行间，透出生活的本真镜像，生命与精神的顽强，希望的亮光！像单小花这样一群农民作家放下锄头握笔头，耕罢农田耕砚田，以笔为犁，逐梦前行，用文化的力量深耕泥土，让文学庄稼生生不息、茁壮成长，让文学之花在盛开高原。

李成山的诗歌《拧车》："奶奶的细麻绳 / 拧了一个世纪 / 纳起各式花纹 / 穿越几辈路程。奶奶的口口（中弦，宁夏西吉方言）声 / 拧出了花儿 / 在窑洞随炊烟 / 袅袅飘过一个时代"。作家赵峰如此点评《拧车》：一种莫名的由衷的敬意而生：拧车就是每户人家必不可少的一个小小工具，这个工具承载了记忆，回忆，一种精神的寄托。生活在西吉的人是从苦难艰辛和灾难中走过来的，走的每一步都是一个沧桑的神话。诗最大的特点就是以点看面，以小见大。作者在这个方面把控很精准："奶奶的麻绳拧了一个世纪"。在人生百年之中，从小到老的奶奶，以勤劳为本，一直在劳作，除了日常家务，她在闲暇之余，总是摇着拧车，拧着麻绳，用麻绳纳成一双新鞋，给子孙，让他们沿着父辈的脚印，不要走上不正当的路，并在人生的路上各展风彩。咯吱咯吱的拧车声和奶奶的口口声融合在一起，这一天籁之音，把奶奶乐观，积极的一面表现出来，这是在西海固生活的人特有的细微的一面，在繁重体力劳动过后，夕阳西下，炊烟袅袅，光秃秃的山上，漫起了一声声《花儿》，山下嗡嗡的口口声，把疲劳困乏掩盖。

李鹏飞的诗歌《筐篮》："我至今不知道奶奶的长相／但奶奶陪嫁的筐篮／给了我及家人第二次生命／那是一九五八年的秋天／当时甘肃通渭是／三年困难时期的重灾县／奶奶用她心爱的筐篮／将家中仅有的一碗糜面／蒸成苜蓿菜粑粑／装进筐篮中／用自己仅有的一块帆布包巾／包裹得严严实实／让母亲和二妈／带上二岁的我和半岁的堂弟／赴北里攀亲逃难。母亲带着奶奶的筐篮／经过三百途程／在我现在的家乡落户／在奶奶和她的筐篮保佑下／我们家才未失散人口。在我童年时／奶奶的筐篮／成了母亲的针线笼笼／每天晚上母亲在筐篮中／拿出针线和破布块／给我们兄弟姐妹／在暗淡的清油灯下／缝补破衣服／纳鞋底制鞋帮／还给我们讲古今／我多时头枕进筐篮中进入梦乡。自从母亲去世后／奶奶的嫁妆筐蓝／被挂在老家存放农具的墙上／变成了念想／我每次回老家／都要去看看筐篮／眼睛看得久了／仿佛墙上的筐篮变成了／我再从未见过的奶奶／面对我慈祥地微笑着／……"诗写历史，写的是人的生存史与心灵史。我所亲耳听到的老人们讲过的西北史上的跌年成，大饥荒，有民国十八年，一九五八年。《筐篮》写的是在"奶奶"和"筐篮"的保佑下，"母亲"和"二妈"从南里通渭逃荒到北里的一段往事，淡淡叙事，深情回望……万千感恩在当下。这首诗朴素通俗，苍劲厚重，直抵人心。不忘来时路的人，才能走得更远，诗人也一样。青年作家程进红读完《筐篮》后感叹：这首诗就像一位老人望着自己长长的来时之路，感叹人生，悲喜交加，没有半点虚，全抛一片诚，我们都是南里逃荒的后代！

李忠林的诗歌《升子》："方方正正／敞口的升子／已经少见／或者绝迹／关于升子的记忆／无法抹去。你去问父辈／升子里盛满／跌了年成的日子里／看过的脸色／或者／最深的感激。那些穷难的岁月／那些漂泊的讨食者／为了一口吃食／用一升莜麦面／二升麦子／把儿女交易"。我和孩子一起谈升子，孩子一脸茫然，再从网上找出几张升子的照片，孩子不认得。我们这一代人还有些过去乡村社会里升子及与升子有关的人的生活，人情世故记忆。而漫长历史上与祖祖辈辈生产生活密不可分的升子，终于与已经城市化了的下一代没有一丁点关系了。幸亏有关于升子的诗歌，把"那些穷难的岁月／那些漂泊的讨食者／为了一口吃食／用一升莜面面／二升麦子／把儿女交易"的数十年前，乃至百年前的发生过的穷苦人家生存故事，记载下来。诗人李忠林这些穿透历史与人心的厚重文字，是古今，是挽歌，是现代温室里一面有着高贵气息的文物，叫铜镜……

像单小花、李成山等这些农民作家们，书写着乡村渐行渐远的老物件。现在重新回望这些老物件，我们会有一个明显的感觉，这些老物件折射着已经消逝的传统农耕方式，浓缩着一部传统的农耕史，包含着一代代人的故事。回望这些老物件，是对乡村过去的反思，是对先人最崇高的礼赞和对乡土最深远的怀念。当下，我们正处在乡村振兴的新时代。实现乡村振兴，要站在历史的视野上，对乡村的过去、现在和未来进行审视、进行反思，从而更加深刻地理解乡村的本质，寻找乡村发展的依据，把握乡村发展的未来，凝聚乡村建设的共识和力量。这些沾满泥土、带着露珠、冒着热气的厚重作品，不仅完成了创作者对乡村过去现在未来的重新审视和思考，给读者新的启示，也通过审美创造，完成了一次审美乡村的构建和升华，这将是具有重要而深远意义的。这些作品，是农民作家们追梦内心的诗与远方的真实写照，深情讲述"文学之乡"美丽动人的乡村振兴"杨河故事"。

5

  "文学杨河·诗咏乡愁"系列作品，共同书写着一个母题：新时代的美丽乡愁。

  乡愁是中华传统文化的根，文学史上，李白的《静夜思》写出了浓烈的古典乡愁。台湾余光中的《乡愁》是现代诗人抒发乡愁的传世之作，撼动了很多华裔的思乡爱国情感。歌唱家雷佳的一曲《乡愁》，唱出多少人内心深处的家国情怀。文学即人学，当代人生存普遍焦虑的状态下，谈及乡愁，便会触动人们内心最为柔软部分，书写乡愁的文学作品拥有了庞大的读者市场。在那些农民作家的笔下，那些连枷、碌碡、簸箕等古老的物件在乡愁文学作品里焕发生机和诗意，在中国农耕文明史里闪耀着独特光芒。

  "文学杨河·诗咏乡愁"系列作品，激情张扬着基层作家们的诗意梦想和文人相亲不相轻的文德，他们相互鼓励，相互启发，温暖守望。我确信这些以农民为主体的100多人的作家群，正从小小的杨河村出发，传承新时代文学精神，讴歌新时代山乡巨变，以较大冲击力起步远航。

6

  杨河村有着贫困的过去。

  《固原日报》社原副总编王文瑜老先生写过这么一段话——最近看到"文学杨河"的一些作家作品，勾起了我的回忆。20世纪50年代中期，我在杨河蹲过三个月村，搞一定三年不变（连续三年粮食总产加在一起求出平均产量按比例定出交纳公粮定额）。记得当时杨河人生活很困难，我吃住在大队会计家里，他与女人离婚，我们俩白天到各生产队检查粮食生产情况，晚上拿来决算方案汇总，计算公粮交纳比例。当时杨河平均产量平均50多斤，除生产队留下籽料后，人均口粮平均不足 200 斤（连皮计算）……

杨河村有着文学赋能乡村振兴的进行时。

我在杨河村大地上同时阅读着一首"九园之乡"的美学篇章。一首本土作家诗人群体与老百姓一起创作谱写的乡村振兴之曲。这个"九园之乡"，是现代版陶渊明，由史静波执笔，"建设宜居宜业的家园，高效生态的田园，市民休闲养生的逸园，人与自然和谐的乐园，游子寄托乡愁的留园，农耕文化传承的故园，民间矛盾调处的谐园，应对新型灾难的后园，累积家园红利的福园"。这首古老的田园牧歌和新时代乡村审美诗篇，非常值得推荐给所有读者，特别是研究文学的、农学的、社会学的、政治经济学的。

新时代的杨河村，在振兴过程中正经历着前所未有的巨大而深刻的变化。这方寸之地，有着写不完的美丽乡愁和文学赋能乡村振兴的动人故事。

7

那些基层作家们，把诗歌发表在杨河村里，发表在大地上。如果说"文学杨河"是古老乡愁里生长出来的刊物，大家都在编辑着故乡。

文学杨河没有刊物，文学杨河就是刊物，发表的都是大地上的诗行。

广大基层读者普遍认为，"文学杨河"及其"文学杨河作家群"就是一种悄然生发的西部新乡土文学。这一从大自然生长出来的文学现象，正以强大的内驱力为乡村振兴赋能，同时引起广泛关注、讨论与争鸣。

本土作家张旭东写道：在西吉县有一大批农民不为发表，单纯地为书写生活和表达情感坚持文学创作。他们的写作，可能思想是稚嫩的，技巧是陈旧的，却保存着文学最原生态的生长方式，代表着文学最本原的动力，延续着中国乡土文学朴实无华的特质。他们的作品散发着浓郁的乡土气息，积极讴歌伟大的时代、党的脱贫攻坚成果、乡村振兴普惠政策。"文学杨河"为打造基层文学文化建设具有示范作用。"文学杨河"营造了"作家引导农民创作、农民写农民、农民读农民作品"的思路。事实上，许多优秀的文学艺术工作者，都来自广袤的农村大地，来自田间地头。只有脚踏大地，根植人民，才能开出最动人、最温暖的艺术之花。

本土作家大山写道：西部新乡土文学——像三月的春风，撩拨着文学之乡的一草一木；像黄河浪尖上的伐子，与百舸争流；像甜甜的六盘花儿，漫红了西吉的山山水水；像一缕扯不断的乡愁，吸引着远在他乡的游子归来寻根，俨然成为文学之乡的金字招牌和耀眼明星。西部新乡土文学作家群，是一股新生的、来自基层的力量，它扎根泥土，情系农民，宛如一朵盛开的马莲花，娇艳而不显摆、芳香而不腻人。

本土作家李忠林写道：所以，我会思考西部新乡土文学及其作品，它绝不是"土"，而是很有生命力和基础的高级——就像莫言写他的高密乡，马金莲写她的扇子湾，是那么耐读；对于乡土或者老物件的写作动机也不是"卖惨"或者标榜，而是对我们父辈的致敬，对农村土地以及附着在它们上面所有事情的致敬；是让我们不要忘本，内心一想到农村父辈就心里隐隐作痛；是告诉我们的孩子，无论走到哪里，走得多远，走到多么现代的城市，我们和我们父辈的根，一直深深地扎在农村。如果非要忘掉自己的根，一定会是皮与肉、灵与肉剥离的疼痛。有些在消失，有些在出现，痛并进步着。

固原作家马正虎写过《一首诗，从杨河出发》："文学杨河这首大诗 /
波涛汹涌 / 滋润心田……"

著名诗人单永珍老师认为，"西部新乡土文学"概念符合"文学杨河·诗咏乡愁"系列作品的气质。

翻开乡贤史静波笔记，他这样写道："我并不是从文学层面去衡量他们的价值，而是从社会建设上审视他们的意义：在乡村振兴的新时代背景下，乡村需要自己的文学，乡村需要自己的诗人。""农民的文学创作，是对乡村生活的多维度记录，是对乡村振兴历史进程的记录，也是农民自身振兴的记录和书写。同时，它将深层次地影响和推动乡村建设。""一个以乡村建设者自己为主体的新文学和作家群体，一定会很快崛起在中国大地了。"

8

那些基层作家们，特别是农民作家们的坚持坚守，为文学赢得了体面和尊重。受到他们的感染与启发，和他们一起，我也创作了《杨河村史记，或者诗记》系列 300 多首诗歌，写写老百姓的集体记忆和田园梦想，也写写自己的内心。非常荣幸的是，这部长诗被宁夏文联作协列为 2022 年新时代乡村振兴重大题材扶持作品。

9

而关于杨河村，我写得最多的，还是杨河古堡。我深刻地感受到，这座古堡也是一座文学的富矿。2021 年以来，我先后写下十余首关于杨河古堡的诗歌。

有《故乡标记》："都说西吉古堡多，洋芋多，诗人多／在杨河村，这些一样也不缺。三个土匪棒客／三个憨蛋蛋／三个家园守望者。我多次登上，并且写下／杨河古堡，盛满着花儿与古今／百年草木，一秋，复一秋。与其他地方不一样的是／这里的洋芋，诗歌／保持着纯粹的／男人心，女儿情。就像你看到史静波／常常把诗歌种在大地上／而把洋芋种在诗行里。归去来兮／脚踏泥土，仰望／北国云天寥廓，吼嗓子正好"。

有《古堡诗韵》："下了高速，放慢车速／放慢，再放慢，在迎宾大道慢行／摒弃没有意义的快节奏／才会有时间与心境／仰望，而我的仰望与众不同。以城市视角探寻／穆家营郊外／除杨河山梁上／还会有第二座百年古堡么／那么纯朴敦厚地迎着你。再把目光折回来／县城入口处／石刻'西部福地，吉祥如意'／大型户外广告'中国首个文学之乡'／两条地标语竟令人走心。干脆停车，在 1972 年修筑的／夏寨大坝驻足，读读古堡／读出某种意味了／就可以哼一曲'越走呀越远咧'／脚踩油门，快慢由你"。

古堡是北国大地上独特的历史文化遗存，有关普查资料显示，西吉古堡就有近 400 座古堡。我自豪地认为，西吉不仅仅是中国首个"文学之乡"，还应该是名副其实的"中国古堡之乡"，这都是一方文化沃土和百姓之福。

2022 年端午节，西海固诗人们在杨河村木兰书院举办了一个很有影响力的"西部新乡土文学首届诗歌节"，同时还组织了"登杨河古堡·看文学之乡"文学采风活动，随后大家创作了大量作品，给古堡，也给杨河这个村庄增添了更浓的诗意。

而村庄大地上的创作，正在路上……

文艺的跨界之美

"花是突然之间盛开的，比突然还突然，让人防不胜防……"

郭文斌唯美诗歌《一朵花的绽放》，被马希尔以唯美，高亢，悠远的声音与旋律表达出来的时候，诗歌的语词一下子活起来，直往你的心里钻。加之唯美的视频画面，镜头中老家崖背上唯美桃花，使得文学诗歌与原创音乐首次带来了巨大美学冲击力。

打开一部文学史与音乐史，你可以发现原来"诗"与"歌"本不分家，就像葫芦河畔生长的瓠子，一条蔓上的两个兄弟。《诗经》本是一册歌词集，《国风》本是民歌，《颂》本是祭祀乐歌。乐府，词、曲，本是配乐演唱词。

当下各行各业专业化精细化分工，很好，也有人为设置的"壁垒"制约。正如西吉本土摄影家李金山说的："现在是一个多元的多媒体时代，就是各种艺术形式融合的时代，只是一种单一的艺术形式真的没有优势了。"

西吉县作为中国首个"文学之乡"，文学是这块热土上生长得最好的庄稼。推出的这个文学原创音乐短视频展播将"诗"与"歌"跨界融合，文学与音乐强势联袂，很有创意，很有眼界，很有意义。

今年春天，看了很多各地的关于花季特色的地方形象展播视频，确实很美，但总是感觉缺点什么东西。这个周末，看了西吉文学原创音乐短视频展播，很有感触，所有所谓的美，如果缺乏深度的文化内涵，终将是昙花一现。

西滩赋

西滩，古称席芨滩，因滩地顽强生长席芨草而得名，后易名西吉滩，寓西部吉祥之意，简称西滩。西吉县名亦源于此。居于中国首个文学之乡几何中心，北接县城，浩然直指塞外；东望硝河，虎踞呼应六盘；西邻震湖，山河交错绵延；南毗王民，古道可通川陕。距县城十八公里，辖十个行政村六十五个村民小组一万五千三百余人口。葫芦河巡边而过，绿水绕田园；烂泥河贯穿其中，青山传牧歌。美丽西吉滩，山区和谐乡。

昔我西滩，沧桑浮沉。黄土覆野，沟壑纵横。地处偏僻，交通不便。十年九旱，丛草难生。山秃水少，地薄人穷。食不果腹、衣不蔽体。靠天吃饭，苦甲天下。人道是，天上不飞鸟，地上不长草，一年一场风，从春刮到冬。然而，黄土高原西滩人，历千载而奋斗不止，经百折而生生不息。至于现代，千年巨变。六盘山上，红旗漫卷。革命峥嵘岁月稠，天翻地覆慨而慷。改革开放以来，泽被党恩，奋发图强。艰苦奋斗，誓拔穷根。虽面朝黄土背朝天，双手枯瘦，脊梁似弓，然不改发展之志，不失生活之望，勤写脱贫攻坚华章，扛起不到长城非好汉之精神。七十余载奋斗史诗，壮哉大哉。

今我西滩，秀哉美哉，独具魅力。春赏桃花笑东风，夏看苜蓿千重浪，秋有洋芋漫山冈，冬天雪扬白银妆，一年四季，风光独好。最是生态建设，凸显成效。山野葱郁，绿水青山。高原绿浪，百里延绵。蓝天白云，如画舒卷。气候绝佳，堪比江南。君不见，小村吊嘴子，高原出平湖。山水交融，波峰合渡。可与明湖攀名，堪与西子比秀。节水灌溉，令人赞叹。村容翻新，乡貌井然。和谐共存，人与自然。归去来兮之佳地，放松休闲之阆苑。二三友人，吟诗作赋，山花烂漫，岂不快哉。

今我西滩，民族融合，乡村振兴。西部福地，吉祥如意。千家安居呈和祥，回汉人民一条心。民族团结示范，创建持续发力。回汉民族聚落，惠民政策耀彩。党管武装，民兵整组，工作先进，频受表彰。纲举目张抓项目，凯歌新唱出亮点。整村推进，以工代赈。人居环境，综合提升。甘岔争当乡村振兴示范村，林家沟争当闽宁示范村，西滩村养殖出户入园，张村堡村高标准农田，一村一品，各有千秋，精彩纷呈。全乡建设大会战，明确"时间表""路线图"。乡镇智能化，全乡一张网，居家可知世界潮流，跨步走进时代前列。信息高速路，驰骋奔未来。

今我西滩，特色产业，生机蓬勃。一年之计在于春，一日之计在于晨。人勤春早，百业俱兴。四季十二月，马不停蹄图奋进，干部群众争朝夕。小麦玉米大豆带状复合种植，宛若诗行赋山川；肉牛养殖有规模，西滩牛羊肉美名传；洋芋土豆马铃薯，救命蛋变成金蛋蛋。黑虎沟乃养殖重点村，五岔养殖规模又扩大，大岔改良肉牛品种多，全乡养牛两万头，人均超过一头牛。

今我西滩，雅哉文哉，人文蔚起。承祖先厚德，传中华文明，厚植仁义，广播忠信。西滩山乡学校，悠悠百年史，莘莘学子情。开西吉教育之先河，育桑梓栋梁之人才。尊师崇教，以文化人。质朴西滩，人如黄土淳厚，喊一声老"盐罐罐"，尽显真诚友善美。客入家皆为上宾，奉贵宾俱尽美食。葱花长面，油泼辣子，更有西北最醇风味罐罐茶，倾其所有唯恐招待不周。黄土高原西滩人，虽为平民人家，亦有阳春之趣。乡土诗人，层出不穷。书画大家，佳作不断。字正腔圆，气象万千。蔚然成风，洋洋大观。恣肆张扬，讴歌盛世。一咏三唱，豪情万丈。

爱我西滩，政通人和。党委政府励精图治，大手笔，谋小康。历史巨变，今非昔比。民族团结，百业鼎盛。旧貌新颜，溢彩流光。乡党委书记陈志伟询我以家乡感想，遂笨笔拙词，有感而发，以抒吾怀，寄情故乡。

嗟乎！躬逢盛世，何其幸哉！祝我西滩，蒸蒸日上。祝我家乡，前途无量！

草盛豆苗稀

1

出西吉东高速，入迎宾大道，过夏寨坝面，沿着与西会高速平行的湿地湖畔水泥硬化路行驶，这是县城的南山脚下，扑面而来的都是家乡气息。方向南拐，就进山了，十来分钟车程，到达史静波的木兰书院。

"老林出硕木，深山育幽兰"。非常醒目的一副楹联，在干净整洁书香浓郁的书院，在万物萌动春天气息的县郊村庄。

2

这是一个有故事的村庄，这是静波笔下的杨家庄。

天涯何处奏乡音。

"奶奶说，我爷爷往这里搬的时候，走了一个多月，还是轻装上路。爷爷和奶奶各一根扁担两个筐，爷爷担的是全部家当，奶奶一头担着七岁的爸爸，一头担着五岁的小姑。还有三个年龄较长的姑姑自己走。走了一个多月，才到的杨家庄。"这是静波随笔《我的老家杨家庄》里的句子。

提笔写村史，主角是老百姓，"南里"人后裔，记下一根遥远的扁担，从古今里的通渭挑起生活，多年以后的杨家庄，倒也是岁月静好和放得下俗世里功名的地方。

我乘坐着小学同学马强的车，拜访师范同学史静波。

到村里后，我和马强商量，先不打搅静波，开车在村里转转。现实中杨家庄和西海固所有普通村庄没有什么两样，村里的道路、修得很好，坡上的树木长得也很好，老百姓的家庭也是殷实小康的模样。

静波笔下的"杨家庄"，或许是马尔克斯笔下的"马孔多"吧。

站在木兰书院的崖背上，初春的风还有一些微寒，我环视着杨家庄，静波"村志"里的那物事又鲜活起来：民国时期水洗砖雕大宅子、走州过县的江湖人高保、大阴阳杨老五、土改时的大花牛、第一个女知青陈彩花、电影与牛皮灯影等。我第一次读静波的随笔《我的老家杨家庄》，一度有读杨显惠《定西孤儿院纪事》《夹边沟纪事》的感觉。

"现在人觉得偷和乞讨都是很不光彩的事情，但在杨家庄的一段历史上，偷和乞讨是再正常不过的谋生的好手段。连命都保不住的时候，规矩脸面什么的更像是一个笑话"。《我的老家杨家庄》中，静波用笔大胆，这样的用笔与观点，或许会招致学院派的口诛笔伐。西北大地，史上曾多次闹年馑、大饥荒，苦甲天下之地，人们基本的生命权都得不到保障。后来，我看了主旋律热播剧《山海情》，本土好干部"马得福"引导先进发达地区的干部，对极度贫困的移民扒火车慎用"贼"字。站在传统中国五千年的文明里看，"杨家庄是个小地方，我们都是小人物"。

3

我和马强走进木兰书院。在静波的老家，大家相见甚喜，自不必说。

静波的老父亲史叔这几天也和静波一起从银川回来，热情地招呼我们。史叔退休前一直扎根西吉基层，是一名资深的乡镇党委书记，一名"马得福"式的干部。杨家庄春日阳阳，木兰书院茶香四溢，我和马强"问道"史叔，史叔点起一支香烟。在史叔吐出的袅袅烟雾里，一个人物形象开始清晰。

一个年幼的"南里"孩子，被父母用扁担从通渭担到了西吉，担到了杨家庄。原本以为从"南里"到"北里"后穷苦光阴就好过了，那曾想还是从亘古大西北黄土高原的一个大山深处到另外一个大山深处，从鸡窝里跌到了鸭窝里。到"北里"后，依然挨饿受苦，但和别的孩子不一样的是，这个"南里"孩子既会低头挣工分，又能抬头看路，挣工分时还心地善良，乐于助人，抬头看路时还记忆力超群善于组织小伙伴们解决一些困难问题。不出村里人的意料，这个"南里"孩子后来跳出了农门，再后来成长为基层领导干部，带着父老乡亲修路打坝、栽树种草、脱贫致富，使得父老乡亲廪仓实而知礼节。

我们让史叔谈着他的"为官心得"，老爷子观点短平快："当干部嘛，一要清廉，二要为老百姓好好地办事，三要好好地发现培养推荐一批年轻好干部。"史叔接着给我们讲道，他在一个乡任党委书记时，静波正在上学，有一天写作业没演算纸了，准备用他办公桌上的一沓乡政府稿纸，被他挡住了，给了静波两块钱让跑到很远的门市部把演算纸买来。"共产党的干部，公是公，私是私，必须分明！"史叔的话毫不含糊。

在杨家庄，在木兰书院，父子俩的一个小故事，却是我们大大的收获。

4

静波、马强和我基本同时在西吉基层参加工作。静波凭着克己勤奋和务实能干，后来不断进步，官至正县长职阶和省级新闻媒体"一把手"，口碑很好，政绩突出。业余闲暇，静波的文采也让大家刮目相看。

后来静波不干了。

很多人疑惑不解。这个世界上有人爱当官有人不爱当官，就像有人爱吃萝卜有人爱吃青菜一样。唐伯虎诗云："众人笑我太痴癫，我笑众人看不穿。不见武陵豪杰墓，无花无酒锄作田。"那些在职场上把当官作为唯一追求的人也是很悲哀的，古有范进中举，当今我们的周围与身边，为谋得一官半职，或者说有着一官半职的个别人的异化变态，也是非常值得警醒的。人到中年，有些人情世故、场面上的事虽没有看透，但多少也看清了一些。

翻开一部文学史，陶渊明不是也放着好好的官老爷不当，经常"晨兴理荒秽，带月荷锄归"。当今的"全国百名优秀县委书记"陈行甲不当县委书记，不也是把别的事情干得那么出色。史静波在杨家庄"吾住高山云雾间，不知山外是何年。世事未解君莫叹，廿四史中已阅阑"，在木兰书院"宣纸初展空沉吟，千古如烟云。至今犹忆范蠡子，相忘江湖沧海任浮沉"。

"宁夏无文人，唯有史静波！"

我曾在微信朋友圈写下这句话，不知得罪了多少文学界师友。但静波确实是一个独特的存在。尽管目前他在所谓的"主流文学界"还边缘着。但正是这种边缘化状态，或许才会使静波有着某种文学上的可能性，在传统与现代之间，在"主流"与边缘之间，在远离文坛而亲近文学的状态上，静波值得期待。更为难得的是，他身上有着中国文人的本真风骨、精神血脉、横溢才华，不论为人为文，在这个时代，他比较纯粹，是一个你能够交心交肺打交道的人，能够既不是附庸风雅，又不是酸腐老调，把生活元素融入文学，又把文学元素融入生活"谈笑皆鸿儒，往来有白丁"的人。

5

很多的时候，静波在杨家庄木兰书院。

读书，并且写诗。

静波吟哦古风："红炉煮黄酒，柴火炖羊肉。饮罢歌一曲，大雪满神州。庄子梦蝴蝶，北冥逍遥游。渊明居东篱，醉眠在五柳。最爱苏东坡，出猎在密州。飞鸿传书信，相约木兰楼""师道传承万千载，不羡孔圣羡管仲。莫为皇帝教愚臣，但为苍生育精英。纣王忠士成大恶，子牙辅周促大同。育得真人成新辈，开天辟地立奇功""我爱清露湿衣衫，我爱百鸟林间啭，我爱绿树与鸣蝉，我爱放歌在山巅，我爱清风吹书案，我爱阳光拂红颜，我爱人间四月天"。

静波也写长短句："诗是如此良莠不辨／于是，我把诗写在了大地上／等待着一位读者／在某一个清晨或者黄昏／将柴门叩响。我不知道他是谁／但我确信他一定会来／在某一个雨天或者某一个晴日／不需交谈，不需对饮／片言的寒暄也是多余""诗人啊／你理当是灵魂超度的指引／你理当是引向天国的使者／卑微渺小的人类是如此孤单／等待着诗神的抚慰与救援。有人想用诗歌给自己带上金灿灿的王冠／想在纸上刻上名字流芳千年／也常企图用歌功颂德扬名立万／可怜的人啊／你连身边的生命都懒得看上一眼／自己尚在自私贪婪的泥坑深陷／又哪能配上诗人的桂冠"。

有这样的场景，我愿意描述下来——

西吉洋芋又是一个丰收年。

杨家庄坡洼上有两块地头相连的洋芋地，静波在这头，村里的乡亲在那头。看着静波在挖洋芋，乡亲想：这小伙子，好不容易念书出去了，还回来挖什么洋芋，我们农民一年四季在地里头干活，不是生活所迫，不是为了种洋芋换钱花，谁还愿意下这个苦啊，这小伙子挖洋芋怕是王母娘娘散心吧。静波整整挖了一个上午，又整整挖了一个下午，一地的洋芋挖完了。乡亲是从心里服了：这小伙攒劲啊。不仅如此，第二天，静波在银川上学的儿子也来挖洋芋了。第三天，又一帮城里的孩子扛着锄头来挖洋芋。乡亲又想不明白了：这城里人咋了。

做有些事不一定会得到人们的理解，自己坚持就够了。

成功的道路并不拥挤，因为坚持的人不多。

有感于郭文斌老师发表的随笔《喜欢土豆》，静波写下了姊妹篇《喜欢洋芋》：曾经的"救命蛋""金蛋蛋"，便更多地作为一种值得怀念的食材，储存在我们的记忆里，呈现在我们的文字里，寄居在我们的乡愁里。

这是个春风沉醉的晚上，却不是湘西。

是西海固，西吉郊区，杨家庄，木兰书院的晚上。

静波备下一盘热炕，一桌特色菜肴和烧酒。

酒过三巡，我们吹牛，我们天南海北胡侃，我们探讨田园诗与归隐田园的诗人，我们谈谢灵运，谈魏晋南北朝，谈活跃于当下的西海固文学，谈二十多年前上师范学校时的春花文学社，谈新乡土文化的复兴，等等，几个中年的男人俨然几个傻愣的文学小青年。

静波迷迷糊糊快睡着的时候，嘴里还念念有词——

"种豆南山下，草盛豆苗稀"。

补记：

2021 年 5 月的一个节假日，我在老家西吉走亲访友，过木兰书院，有感而发，偶书几句："从西吉县到西吉滩／从西吉滩到西吉县／乡间道上。蓝天，白云，绿树／还有一线文脉／木兰书院正在黄金分割点／在这里，我想写一写／有关稼穑，乡贤，新儒／却不敢落笔／穆家营之郊，静净且神性／那是清风吹书案的地方／那是史静波写过的杨家庄"。

时间将会证明，就像马金莲的扇子湾一样，杨家庄必将是西海固文学版图上一块不可或缺的存在。静波有着一系列美好的心灵规划和创作计划，但愿趁着中国传统文化复兴和乡村振兴的东风，杨家庄未来可期。

湾垴人家

题记：其实，所有的故乡原本不都是异乡吗？所谓故乡不过是我们祖先漂泊旅程中落脚的最后一站。

——杨明：《我以为有爱》

我用简单的线条勾勒了一个高同行政村地形示意图，把纸张竖立起来看，真像一株小树苗，而几个叫作大岔、鸦儿湾、燕麦沟等的自然村，则像一棵树主干上分出的几个枝条，在历史的春天里正在茁壮成长。而现实的样子是，这座村庄地处城郊，近几年生态恢复得相当不错，加上打了一座水库，天蓝地绿水净，好一幅布局美、村庄美、田园美、生活美、风尚美水墨画般的景韵。

这里一度满目疮痍。当沟沟壑壑的地被植物被扫了毛裔，联合国粮农组织 2605 项目区树木砍伐光的时候，与现在反差极大。

美丽高同，契合了这个美好时代的发展轨迹。

这里也曾经是一块放逐之地。这里的居民，全部为清末甘肃陇南贫民的后裔，一直操着被称为中原官话秦陇片方言之一的"盐罐罐"口音，最近，恰巧读了天水籍著名文学评论家雷达的一篇题为《新阳镇》的散文，其中写道：新阳人的方言也独特有趣，把奶奶叫"婆"，把爸爸叫"大大"，把你的叫"牛的"，把我的叫"敖的"，把舅妈叫"妗子"，把最小的叔父叫"碎爸"，等等。新阳是雷达的出生地。读着这么几句话，恍然觉得，是在写我的出生地：高同。

使用这种方言的，在西吉，同属吉强镇辖区的周边村庄，如泉儿湾、夏家大路、夏寨等，还有诸如西滩、兴平、硝河、将台、马莲等乡镇，一些村庄的群众都使用这种语言。有趣的是，在原州区的张易，有一个叫作阎关大庄的村庄，清末陇南的回民迁移并定居于此，遂沿用故乡地名，居民至今说着"盐罐罐"方言。我再没有深入考究，但是在西海固和宁夏其他一些地方，还有一些散居的陇南后裔，但口音和习俗早已经被当地同化。

而现在的陇南一带，这种方言遍地，据说在古代，是大秦帝国的官方语言，相当于现在的普通话。

西海固与陇南，有一种天然的联系。西海固的很多村庄地名，被早期陇南移民直接取自故乡。譬如我家乡的一些村落名称，在陇南都能找到。因此，地名是历史、地理、人文、社会经济、政治等综合作用的产物，现今是一种独特而博大精深的文化现象，也是一种文化遗产，传承着文化根脉。在一个历史节点上，透过地名的窗口，我们可以了解很多。历史越往深处看，其距离就是未来的距离和眼光。如果断裂历史，往往会导致人们目光短浅。

如果说地名是一种文化的载体，那么，高同这个行政村的地名是怎样来的？现在已经不可考究，或许一百多年前，陇南某地，就有一个被战火焚烧的村庄，就叫作高同。其实，这或许有些牵强，但现在都没有考究的必要。非常必要的是，在当下应该赋予它具有时代特征的什么意义呢？"高同"二字，高是高原、高峰，同是广阔、包容，连起来有意境高远，追求卓越，大同情怀，天下为公的理解，当然，也可以有更多的阐释，总之，我总是给予这个村庄美好的愿景。

高同，包括周边村庄，至今矗立着几座古堡，据老人讲，旧社会民不聊生，"兴中华必先兴道德，平贫困必先平匪帮"，流传高同及周边村庄的一副旧社会对联，反映了当时匪患横行乡里的现实。这个村庄，新中国成立初期也曾叫作"高同乡（城关区十乡）"，那是特定的年代行政管辖的一种方式。改变不了村一级建制的实质。很长一段时期，这个村庄古朴沧桑，所有的农家都是土窑土房土院土墙土巷道，这大概是若干个世纪中国大地山区农村的都具有的景致，土气十足且别有一番风味。这种景致已经荡然无存，与当代的高大而宽敞明亮的砖瓦房形成强烈反差。时代就是在得失之间变化着，失去一种景致，又呈现另外一种景致，而且更加文明。有一种旧是人们不愿意怀的，例如，苦难或者贫穷的岁月。

高同是真正的草根之地。我的家就在这草根之地的一个湾垴。20 世纪80 年代，正是我的童年时代，玩遍了高同的沟沟岔岔、湾湾垴垴。也曾在这个村庄唯一的国家事业单位——高同小学上过两年学。其时其事，和现在城市小学低年级学生相比有着天壤之别，那叫什么上学。不像现在小学生一天四趟的接送，没有放学写不完的家庭作业，没有令人喘不过气的老师指定书店购买的课外辅导资料，不是一个每天时间都被固定安排的小机器，更不是现在庞大的应试教育机器下的一颗小螺丝钉。现在想来，我们一帮学生从湾垴的家到学校，往返每天要走六七公里的山路，一路赛跑，有时顺着河沟走，捉黄鼠、点蒿草什么都干，冬天在冰天雪地往返，手背手腕和脚面都冻裂口了，一个冬天下来竟然不知道感冒是怎么一回事。一年四季尽管大多数时间吃不饱，小身体却非常硬气。后来转到县城上学的时候，课间和城里同学摔跤竟然能趴下一大帮。

在高同这一带，大人们非常重视从小给孩子们灌输良好的修为。譬如：每逢尊者、长者礼节必须到位。这些，俨然成为一种独特的文化传承。即使到了城市，老人们都要一再叮嘱子女不要迷失在城市的喧嚣。如果风筝飞得越高越远越稳，就必须要在大地上被一根线紧紧牵着。就像我们现在的城市生活，时间越久，越不能忘记自己曾经是湾垴人家。

百年马家沟

1

这山沟里的夜晚非常安静，听得见张家川庄浪秦安的犬吠鸡鸣。土炕烧得很热，一上房的人嗑着瓜子喝着罐罐茶，南里北里地扯着闲磨。

2

三爷说，我这次回来啊，不想再上新疆了，库尔勒，远得很，九十来岁的人了，没日没夜坐几天车，吃力得很呐。老家这么好，一回来就舍不得出去了。我们都劝三爷，还是随叔叔一家上新疆去，待在马家沟没人照顾。

说归说，其实三爷把上新疆的一切准备都作好了，倒也没有啥准备的，本来是从新疆下来的嘛。这样说着，只不过是表达一下恋乡情结罢了。三爷已经在新疆生活了整整十年，却在马家沟生活了七八十年了。老了老了却成了离乡人了。也没有办法，十年前三奶去世，三爷失去生活照应，只能跟着早年上新疆打工，并已经在库尔勒扎下根的叔叔一家，在新疆，一大家子在库尔勒街面上开了一家蒸馍店，生意颇为红火。和我平辈分的弟弟、妹妹也在新疆成家立业，已经成了地道的新疆人。这次三爷一大家子回来，是来老家给三奶上个坟，记襄个日子，也给在马家沟睡土的辈辈先人上个坟。三爷说，后辈们走到哪里，都不能忘了自己的根。

马家沟三爷的院子，上新疆后十年来一直空着没人住，一周前，三爷从新疆下来的时候，才收拾整理，临时住上十来天。再过上三五天，一家子又上新疆了，院子又空了。

我们也是远路上来的宁夏亲戚。我和妈妈、弟弟从固原赶来。我的两个姑姑也都七八十岁了，从老远的西吉赶来。还有三爷打电话叫的我不认识的张家川当地的一些亲戚。三爷是我爷爷辈唯一健在的老人了。由于大家也都多年没有见面，因此显得格外亲热。也因为大家从四面八方赶到马家沟来见个面，随后又将各自回去，几个老人还眼泪汪汪的。

3

三爷从新疆回来的几天，恰逢春节假期。我也就把这个节假日在马家沟度过了。这是张家川梁山乡高营村的一个小山沟，地理位置特殊得很，是个张家川、秦安、庄浪三县交连地畔的地方。常听老人们讲，这个小山沟这几十年来庄稼收成挺好的，简直就是一个"小徽县"。我不知道徽县的物产多么富饶，但是老人们为生存在马家沟油然有种自豪感。

大概是在三十年前，我十岁左右的时候，父亲带着我到马家沟三爷家，记得那是我上小学的一个寒假，那时父亲和马家沟的亲房当家子们经常从张家川、庄浪一带贩运山货和羊皮子到西吉等地。大人们谈大人们的事情，我住在三爷家，三爷喜欢玩信鸽，经常带我去周边的龙山镇、朱店镇、莲花城等放信鸽，乐此不疲。三爷还带我到莲花城的一处民间古迹，三爷说埋在这里的老古斯人名震陇东南，德高望重，学贯中西，清朝末年，我们李家的老先人曾在门下受益学问，砥砺竹笔。

三十年后的一个春节，我又在马家沟住了几天。其实甘肃的农村比其他地方更有农村的味道。这个山沟也是近年来国家实施精准扶贫的地方，一些农户家门口标识着"建档立卡户"等字样，一些老房子也标识着"该户已实施危房改造"等字样。但是人员外出打工谋生的多，我看马家沟也基本快成为空心村了。

4

我们家门里在这个山沟里只有堂哥李德昌一家人还留守着。即便这一家人，还过着半城半乡的生活。

堂哥李德昌已经五十多岁的人了，天南地北地闯荡了半辈子，早些年依托附近有龙山这个西北最大皮毛市场的优势，上新疆、跑宁夏、下温州，做一些皮毛生意，有了一些积蓄，在城里购置了房产，举家都在城里生活，供养小辈们读书。德昌老哥觉得城里拥挤，空气不好，在城里住颇烦的时候，才跑回马家沟住上一阵子。德昌老哥在马家沟的房子，大约是三十年前盖的，门窗橼檩全部为纯手工，颇具西北农村民居典型。加上德昌老哥酷爱字画文玩，眼光独特，几十年收藏积攒，使得这个农村大上房散逸着浓厚的文化气息，非常符合德昌老哥商人的气质。

这几天在马家沟，没有少麻烦德昌老哥一家。由于从外地来的亲戚多，三爷家里住不下，德昌老哥就把自家的三间房收拾干净，烧热土炕，架旺火炉子，摆好炕桌，端上盛满瓜子花生核桃等干果的几个碟子，熬着酽酽的罐罐茶。嫂子的茶饭好，这几天农家土鸡、烤洋芋煮洋芋、莜面玉米面散饭等荤素搭配，轮番上桌。"中华历史五千年，一半文明在陇塬"，老盐官人招待人，客人只管吃好喝好，三请三进，主人续茶倒水、端汤上菜、立地边站，礼节十分到位。

三爷是地道的马家沟人，三爷却又成了新疆人，三爷从新疆回到马家沟了，加上我们四面八方的亲戚也到马家沟了，初四中午，德昌老哥把所有亲戚都叫到家里，用浆水长面招待。因为这几天大家肉食油食吃得多，浆水长面地道又劲道，大家抢着吃，吃得酣畅淋漓。三爷和几个老人们一边吃浆水长面，还一边念叨起一首古老的民谣《冒冒烟》。

烟筒眼烟，冒冒烟，牛拉犁，扯地边。

麦子黄，收上场，连枷打，簸箕扬。

一扬扬了七八装，磨子"咯载"，箩儿八筛。

擀杖上案，切刀走马。

走了两把线，下着锅里莲花转，捞着碗里赛牡丹。

客人吃，客人看，客人吃了八碗半。

一顿浆水长面，彻底吃出了马家沟味道。"现在社会真是好了！"吃完浆水长面，三爷在上炕里捋着胡子感叹。

5

三爷给我们讲了一个故事。

20 世纪三四十年代，家门里的我二爷为人豪爽，古道热肠，虽然自己穷得揭不开锅，但总是喜欢接济更穷苦的人，那时候人们穷，讨饭的多，二爷经常就倾其所有把自己家里的东西给要饭的了。有一天，二爷门口来了一个衣衫褴褛快要饿倒的乞丐，二爷赶忙把乞丐扶到窑洞里的炕上，给乞丐嘴里惯了一碗水，让乞丐躺着，因为自己已经什么食物都没有了，二爷就拿着一只空碗，借遍了马家沟的人家，可是大家都绝粮了。二爷回去把那个乞丐打发了，二爷一声哭腔"马家沟里人啊"瘫软在地。

故事的结尾更加凄惨。三爷说，不知道那个要着吃的后来活着么，你二爷后来因为饥荒饥饿，年纪轻轻的没有活下来，马家沟一带的人那时候有很多人都饿着没了。

6

在马家沟，三爷、德昌老哥带着我，给我指点我的爷爷迁居到西吉前的老住址，我爷爷的老土窑依稀可见，也成了百年遗迹。

在马家沟，三爷、德昌老哥还带着我到老坟上点香上坟，也给我远远近近地讲一些家史。

我的爷爷大约在民国十八年（1929年）大饥荒前后移居到西吉。

而更早的时候，我的爷爷的太爷大约在同治九年（1870年）清政府安置"南八营"中的"盐官营"前后从盐官一带移居到张家川马家沟一带。如果按照中国传统的"生己者为父母，父之父为祖，祖父之父为曾祖，曾祖之父为高祖，高祖之父为天祖"辈分称呼，就是在清朝同治年间，我的天祖一辈的家族成员集中迁居到张家川一带。此后的漫长历史中，家族成员又从张家川为出发点，先后移居到徽县、通渭，陕西、宁夏、新疆等西北各地，后代大都失联了。只有返乡到盐官一带的李氏后代，偶有信息。上溯到再更早的清朝同治及以前，在盐官一带尚未迁徙的我的远祖们，已无从考究了。

相传，我的天祖是一名民间知识分子，继承了较为丰厚的宗教家学，因为兵荒马乱，告别冷兵器时代有着千百年中国历代王朝军马交易中心辉煌名号的盐官川故里，颠沛流离，带着家眷到马家沟刀耕火种。

又相传，我的高祖是一名民间知识分子、农民、小商业者，经常从华亭、安口一带采购一些坛坛罐罐，贩运到梁山、龙山、朱店、莲花一带，家底还较为殷实，还在马家沟置下大片田地。

我的曾祖，就老人们常说的我的马家沟太爷。马家沟太爷算是离后辈年代较近，一些事情在家族中知道得多一些。后辈们连忌日（农历十一月初七、另记成初九）都记着呢，我的父母每年到马家沟太爷的忌日都点香炸油香宰牲纪念。马家沟太爷是清末和民国年间一名在盐官、张家川、西吉一带有名的职业宗教者和民间知识分子。到现在，在西吉一道带的老年阿訇还能记起太爷，不知道为什么，老人口中都会说，有名的"砂·李阿訇"。先后在西吉的高同、大岔、泉尔湾、卜鸽泉、大狼窝等地执坊开学，口碑非常好。也由于太爷在西吉生活过的原因，加上当年为躲避张家川一带的大饥荒，后来爷爷就直接移居到了西吉。

从爷爷开始，我们这一脉就由张家川马家沟人变成了西吉鸦儿湾人了。听父母讲，爷爷也曾经有过回马家沟的念头和举动，但因很多现实原因最终没有回去，或者说是根本回不去了。

我的父亲在他的最后日子里，也带着我到马家沟上祖坟，还带我去盐官追宗问祖，告诫我不要忘了本。

人其实在历史的长河里是很渺小的。

譬如我的家族口传史中，能记下的人与事也只有寥寥数笔。

7

家为最小国，国为最大家。

一个家族的命运，总是与国家和时代紧密相连，国家安则百姓安居乐业，国家动荡则百姓漂泊。在马家沟，我读出了一个平民家族与国家时代同呼吸共命运的百年近现代史。当年清朝末年西北战乱，祖先在世居的西北历史名镇陇南盐官川无立锥之地，衣衫褴褛被流放安置在张家川当年鬼哭狼嚎的大山里，在偏僻隐秘无人问津的马家沟，祖先避过战乱和灾祸，顽强生存。当年民国西北闹大饥荒到人食人的地步，马家沟及张家川一带的族人又四散逃难，历经生生死死，幸存者及后代现在又在西北各地繁衍生息。当我们的祖国从站起来到富起来到强起来，社会安定了，在新时代的环境中，这些亲人们都安居乐业，很多人都过上了自己想要的生活。譬如我的三爷，这名快要百岁的老人，无论是在马家沟，还是在新疆生活，不同的年龄阶段和时代，历着不同的人事和风云，现在三爷的户口还在马家沟，国家的很多惠民政策，如一些农业方面的补贴、最低生活保障、高龄津贴，还有我说不上的一些福利，等等，三爷该享受的都享受着。

三爷笑着对小辈们说，我年轻的时候受尽了穷苦罪，现在越来越老了，社会越来越好了。我们都说，您老人家现在就要活过百岁，好好当一当百岁老人，好好享一享好社会的福。

8

亲人之间的聚会，的确是一种幸福，但何尝没有带着怅惶。

从西吉赶到马家沟来看从新疆回来三爷的我的两个已经七八十岁的老姑姑，还有从固原来的我们母子，还有本地及周边的宗亲，以及马家沟留守的一些左邻右舍，几天的时间，三爷家举念宰倒的一头牛就吃光了。远处的亲戚也陆续返回了。

三爷家十年没有住过人的老院，这几天聚集了千百里路上赶来的亲戚，热闹了几天，很快，将又是一个空心村的空心院落了。

我返回的时候，三爷拉着我的手，我们爷孙久久沉默不语。

三爷说，娃娃，咱们爷孙怕是再见不上面了。

我说，三爷，现在交通方便，有时间我上新疆来看您，闲了咱们还可以打视频。

9

当我们的车子从马家沟的梁顶上驶离的时候，从后视镜里回望，这个西北陇东南的极为平凡的小山沟，在正月里显得苍苍莽莽。

盐官镇

车子从天水市区上高速，朝着陇南方向，直奔盐官。我的脑海里却呈现这样一幅画面——

一辆旧东风车，载满禾草和玉米袋子，从天水往礼县的公路上，到处铺满了待碾的粮食，车顶露天车厢里，一个三十开外的男人牵着一个七八岁孩子的手，在旧东风车上颠簸，公路上碾场扬扬而起麦麸尘土，时不时吹进父子俩的眼睛里。在半途中，旧东风车不走了，改乘一辆农用拖拉机，天快黑了，而盐官镇还没有走到。

三十多年一晃而过，一个小时左右的行程，就到盐官收费站了。这是我陪父亲一起三十多年后第二次到盐官探亲。

"你姑奶不知道还活着吗"，下高速时父亲像是对我说，又像是自言自语，因为好长时间没有联系了，算来我的姑奶奶已经快要百岁了，父亲还是很想见一见他的这个堂姑姑，老辈人中健在的就那么一两个人了。

我的脑海里依然是三十多年前的20世纪80年代后期的情景。带着夜色，我们到了姑奶奶家里，姑奶奶十分高兴，一会儿抓着父亲的手问这问那，一会儿又抚摸着我的手说看这孩子乖么。从北里来了娘家人，姑奶奶高兴得眼泪婆娑的。姑奶奶是我的徽县四太爷唯一的女儿，四太爷去世得早，姑奶奶和我爷是同属于一个爷爷的堂姊妹，因此我爷爷就是最直属的亲人了。但是兄妹虽然一个在北里，一个在南里，但我的爷爷也经常牵挂着这个堂妹，如果走南里的时候，总会带点东西到盐官，看一看堂妹，人说女人家娘家是最大的靠山。娘家人来了，姑奶奶总是高兴得淌眼泪。我的父亲告诉姑奶奶，我的爷爷已经走了，因为远，也没人捎信请姑奶来送。于是，姑奶奶号啕大哭，姑奶奶给我们做了长面，填好了火炕，翻箱倒柜弄出了一套新铺盖铺在炕上，叮嘱我们好好休息。

三十多年后，我跟着父亲再来看姑奶奶，因为姑奶奶寡居，后代又多年没有走动，也没有联系方式，不知道近况。

"咱们到你姑奶住的地方看走，如果老奶奶走了的话，我也来盐官了，了一了我看你姑奶的心愿。"父亲是熟悉姑奶奶的住址的，姑奶奶的家离盐官街道不远，在农村里找一家人还是比较容易的。终于到姑奶奶家了，让我们高兴的是姑奶奶还在，人竟然硬朗着，但是由于年近百岁，已经丧失了记忆，认不出来人了。姑奶奶和父亲，姑侄相见，与我三十年前的记忆反差巨大。我们这次来盐官，是因为父亲病重，我们到天水的医院给父亲看病，父亲知道自己病情，一直牵挂着他的这个姑姑。姑侄相见，姑姑已经老得记不起往事了，认不得亲人了，侄子也是一名老年的病人了。

岁月啊，给父亲和姑奶奶这么一丝血脉之亲安排一次波澜不惊的最后见面。

我们行走在盐官的大地上，父亲信手一指，某某村庄，是谁谁谁几户姓氏，与甘肃或宁夏的几个什么地方的某某姓氏同为一门。父亲甚至说得出，盐官一带的居民一百多年前，先辈是什么关系，盐官哪些人家与我们有什么亲戚关系，尽管早已经出了五服，但同为一个根脉。

我没有想到，父亲对盐官一带是这么熟悉。

父亲说，据老人讲，我们老先人应该在盐官坡儿上。现在分布在各地的亲房当家子，其根都在坡儿上。

历史上除名门望族外，一般的平民百姓，都关心衣食住行，很少关心自己是从哪里来的，根在哪。我想，我的姑奶奶，在盐官生活了一辈子，只知道自己是孩子的时候是徽县人，自己的父亲去世后有北里的娘家人走动着，不知道姑奶奶知道不知道就嫁到了祖先的老地方。我们在姑奶奶家时，也许姑奶奶给孙子们没有提过，姑奶奶的孙子们很惊讶，都不知道姑奶奶还有远方娘家，他们也不关心姑奶奶的娘家在哪里。那都是一半百年的事，或许搞清楚也没有什么实际意义。

我们这次来盐官，就是父亲心里一直惦念着还有一脉远方亲戚，亲情尚未淡去。父亲小的时候，爷爷也带父亲来过盐官，看与爷爷一个辈的远方亲戚，父亲通过盐官的老人打问，知道老爷爷去世多年了，其后裔都在盐官生活。

远方老叔正在礼县商谈苹果生意，听说我们在盐官，电话里执意要我们留下来等他从礼县马上返回。我的平辈分兄弟龙龙当起了免费导游，带着我们在盐官转了一个大圈。龙龙是一名大学生，毕业后正在盐官创业，与父亲一道经营苹果专业合作社，流转了大片土地经营苹果。我们在盐官川一望无垠的苹果园里，脚踏泥土仰望天空，现实与历史的气息一并扑面而来。

盐官镇自古负有盛名。从先秦开始，这个地方历朝历代都以不同的方式发挥着政治经济军事上的作用。盐官后生撒海涛现在南京大学读博士，由《民族文学》编辑石彦伟牵线，我和海涛相互联系，交流盐官古今。海涛说，盐官历史典故举不胜举，尤以军马和盐闻名于"丝绸之路"。彦伟也曾专门到盐官及陇南一带考究过当地回族历史文化及当代风土民俗，彦伟说，清朝的盐官移民与河北泊头移民类似，由此派生出了西北、华北、东北不同区域的特色民族民俗文化，值得我们更加深入地挖掘。

而盐官，也是一个被诗歌滋养的小镇，唐代大诗人杜甫在这里生活时写下名篇《盐井》：

卤中草木白，青者官盐烟。官作既有程，煮盐烟在川。

汲井岁，出车日连连。自公斗三百，转致斛六千。

君子慎止足，小人苦喧阗。我何良叹嗟，物理固自然。

在当代当地，也有一批写诗的人，再次摘录诗人包苞在《飞天》2010年6月号发表的关于盐官的乡土诗歌：

在他高挺的胸中，小镇的过去

从未停止呼啸：太阳落下的地方

秦非子牧马的地方，盛产盐和骡马的地方

诸葛先生鼎分三足的地方

——《盐官，或者一个小镇》

这是一个因盐而盛产骏马的小镇

这是一个因马而成全一个朝代的小镇

一匹马的出现绝非偶然

——《一匹马，在盐官大地上出现》

盐官镇大片大片的苹果园，是一道又一道亮丽的风景。

陇南的阳光照耀在一个又一个苹果上，我的目光随着盐官苹果上跳跃的光芒，这秦源地两千多年的历史、同治年间的刀光剑影在我眼前恍然一闪。

我的兄弟龙龙不无自豪地说，这几年咱这地方产的苹果品质特别好，美誉为"先秦贡果""始皇贡果"等，在市场很是畅销。

长城嵌城，或者城中长城

我站在长城的脊背上。

我在现代城市的某个制高点，舒目或者凝眉。

来自大漠和中原的风同时向我吹来，恍恍惚惚好像身处千年战事。

我小心翼翼，生怕踩坏一段源远流长的文化史。

曾写过几首拙诗，表达过上述感怀。

总觉得意犹未尽，还想写一写关于固原秦长城与古城墙的文字。我想捡起被多数人忽略了，不被珍视，或者快要遗失的东西。

这是宁夏南部所独有的——

双城之美，或者风景

一般来说，长城总是与郊野、远方、边陲等语词联系起来的。穿过固原的秦长城，与冷兵器时代四大名关之一的萧关遥相呼应，一派逶迤壮美、大气磅礴。

如果将长城与闹市联系起来，一定比较新鲜。而在固原，随着城市的快速发展，却将一截长达十余里的战国秦长城纳入城市规划区。不经意间，悄然形成古意长城与现代城市相互依存、相互映衬、相得益彰的"长城嵌城"的一道奇崛独特且世所罕见的新景观。试想——

一条龙蛇一样苍苍莽莽的长城，在中国北方群山中穿过，在一座颇具现代化气息的山城中穿过，在星星点点的园林古建中穿过，在我们栖居的家园穿过，这是一种多么撼动人心的景致。现代城市高楼大厦、柏油马路、广场公园、水系湿地与古长城等园林古建筑有机融合，使固原城顿生古风和气势。曾见过拍摄于 20 世纪 60 年代初的一组老相片，目睹了一段古城墙的宏伟大气，相片上的护城河依稀可见，与远山浑然一体。自己深深震撼于城市历史上瞬间的苍茫之美。

真是双城成韵啊。

"双城"的"城"，当然一指长城，一指城市。有古长城穿过的城市，有古城流韵的城市，让我们自信地看到我们栖居城市大树的年轮和城市老人的皱纹，我们自信地看到，我们的家园不是丢弃传统，简单追求时尚的激素催生的树木，不是千篇一律的其他城市复制品。如果我们把目光再投向老城区的靖朔门、和平门以及其他一些零星分布的固原古城遗址，这样一座古老而现代的山城，极富异质之美，宛若一位标致的少女穿着经过现代量身裁剪的古典装束，给我们展示一种别样的风情。

或许很多人认为所谓风景就是以秀取胜，山水秀丽即为美。其实，古朴沧桑何尝不是一种更有意蕴的风景呢。就像一个大家庭，祖上有先贤，其事迹留于史志，能让后辈骄傲和继承。或者说，就像"家有一老，如有一宝"，家庭里有德高望重的长者健在，这个家庭就有家风有家训，有老人言。那么，这样的家庭肯定是走正道的家庭，受人普遍尊重的家庭，有荣光的家庭，与贫富无关。

在秦长城的两侧，历史上一侧是"胡马依北风"，而另一侧则是"越鸟巢南枝"。而在今天，胡马、越鸟都在一座城中。今天的秦长城两侧，都是不断扩张、快速发展的市区。一侧是固原的老城、新区、西南新区，另一侧是西部新区的农资城以及轻工业园区、盐化工基地、飞机场、飞机制造厂等。特别值得一提的是，固原城的夜景亮化，据业内人士说，已经领先于西北地级市，光与电的山城，堪与东南部发达城市相媲美，光与电的速度，引领一座山城的前进步伐。每当夜晚，秦长城两侧的市区灯火璀璨，俨然六盘山下的一颗明珠，恍若一个童话世界。今天，成为固原城地标性建筑的古雁塔岿然屹立在郁郁葱葱的古雁岭上，还有获得过国家人居环境范例奖的清水河湿地公园，都告诉人们，固原市已经成为一座名副其实的园林城市……城市周边城乡环境面貌焕然一新，一改史上萧关古道遍地杀伐和荒草萋萋的景象。

文明之殇，或者乡愁

穿过固原城的长城，是秦长城。驰名世界的中国万里长城，是全人类共同拥有的文化财富。历史上，秦长城从固原古城边穿过，而城郭雄峙于清水河岸边。固原古城，始建于南北朝时的北周，史书有明确记载的是西汉时期的高平城，至今已有2300多年的建城史，是一座历史文化名城。尤其到明朝时期，由多任官员特别是像三边总督那样级别的高官主导，先后历经了景泰、成化、弘治各年间的加修，到万历年间全部修成砖城，使得固原城成为既能出进运兵，又能藏兵的防御边关型古城，城墙也成为中国古代军事城墙的典型。清朝时期，固原古城又被多次修葺。甚为遗憾的是，在20世纪70年代，固原古城由于战备原因被拆除了。这座古城可谓成也战备，废也战备，至今都让市民惋惜不已。

世居固原城的人们，总会怀念记忆中的古城。我的一位同事，是老固原城里长大的，参加工作后一直在城里工作，如今快要退休了，却经常在一截古城墙下的绿地上给草坪浇水、修剪、打扫卫生、捡拾垃圾。同事经常向我讲起小时候在城墙上玩耍的情境。我的脑海里浮现的画面是——

一个穿开裆裤的少年，与一群穿开裆裤的少年，在高大巍峨的固原城墙上奔跑，跑累了的时候，他们躺在城墙上仰望蓝天，一会儿，他们又站起来，把脑袋挤在一起，从这堵城墙上远望另一堵城墙。一直到晚霞的光芒映照得城墙煜煜生辉的时候，城墙根下，他们的家里都升起了炊烟，母亲已经喊他们吃饭。城墙还没有转完，伙伴们相约，下次再转，一定要把城墙的每个角落走遍。

小伙伴们很快把再到城墙上玩耍的事情抛在了脑后。他们还没有反应过来是怎么一回事，城墙已经开始拆除了。小伙伴们又聚在一起失落地怅望着拆除工地上的尘土飞扬。

走遍城墙的约定只能成为永远的梦想。

前几年，我和同事一起去山西平遥。当我们站在平遥的城墙上，面对如织游客，同事神情黯然、感慨万千地念叨："要是固原城墙没有拆除……"

固原古城墙，是同事的乡愁啊。

遗存在固原市区内的秦长城和古城的残垣断壁，给我们诉说着历史上一座军事重镇战争与和平的故事，也给我们呈现出独特的缺失之美。是的，缺失也是一种美，一种哲学之美。一个人面对缺失的事物心里隐隐作痛的时候，才会进行深刻的反思，才会学会弥补，才会倍加珍惜完整，才会倍加向往和追求完美。

城市之魂，或者精神

今天的山城是由历史上的山城演进而来，因此，不可避免自然而然地传承着某种独具特色的传统文化。让固原人聊以自慰的是，古城墙虽然拆除了，但山城依然遍地秦砖汉瓦不失古典气质，依然是丝绸之路上主要的节点城市。当历史的尘埃落定，一切归于沉寂的时候，以秦长城为代表的很多的现存于城市内的古迹，把历史文化留存并传承了下来，所有这些历史凭证，必将成为固原和固原人民走向未来的坚实根基和力量与智慧之源。

经过固原市区的一截秦长城，和没有被完全拆除的固原古城墙等古建，延续了城市传统肌理和风貌，沉淀了独立厚重的文化底蕴，承载着神秘而多元渗透于固原人骨髓的文化基因，俨然已经成为固原人的历史记忆、文化传承、精神依恋和感情纽带。

固原城里，有一座保留下来的古桥，名曰安安桥。有一则关于安安桥的民间故事，固原人口口相传：

> 民国初年，有一个陕西人和一个固原人在甘肃的平凉相遇。
>
> 陕西人问固原人："你到哪里去？"
>
> 固原人说："听说陕西有个大雁塔，我想去看看。"
>
> 陕西人说："我劝老哥不要去，大雁塔高得很。从前有个人七岁开始上大雁塔，八十多岁了才上到雁塔的半腰里。你已这么大年纪，今辈子也上不去。"
>
> 固原人问陕西人："你到哪里去？"
>
> 陕西人说："听说固原有个安安桥好得很，我想去看看。"
>
> 固原人说："我劝老哥你也不要去，安安桥比你的大雁塔高得多。当年曹操兵伐东吴路过固原安安桥，把一员大将连人带马从桥上掉了下去，几个朝代了，现在还在半空里往下掉着呢！"
>
> 两人互相一听，都把舌头一伸。
>
> 陕西人回了陕西，固原人回了固原。

在我看来，这则故事反映的不是固原人夜郎自大，而是一种自豪感。史书中称固原为"左控五原，右带金兰，黄河绕北，崆峒阻南，据八郡之肩背，绾三镇之要膂"，称萧关为"长安咽喉，西凉襟带"，是这种自豪感的充分佐证。中国作家协会副主席李敬泽曾经到固原，激情地写下："如果我是几百年前的将军，我会久久凝视固原，血与剑与风的固原，马群汹涌的固原，烽燧相望，坚城高垒的固原。在广大的帝国版图上，固原是一个微小的点，但两千年间，任何一个目光锐利的战略家都会一眼盯住这个点。这是帝国的要穴，是我们一处文明的要穴，它无比柔软，因而必须坚硬。你的面前是地图，地图上的北方是无边的大漠和草原，骑马的民族正用鹰一样远的眼睛望着南方。南方有繁华的城市、富庶的农村，有无穷无尽的珍宝、丝绸，还有令人热血沸腾的美丽女人。他们耐心地等待着，但是他们终有一天会失去耐心，猛扑过来，那么，他们的剑将首先指向哪里？你看看地图，一目了然——固原。如果突破固原，整个甘肃就成了被切断的臂膀，而通向西安的门就轰然洞开，固原曾如帝国的咽喉。"

固原古镇的军事地位一度非常突出，西安提督一度移守固原，被朝廷任命为——固原提督，换句话讲，就是古代大西北军区的司令部就驻扎在固原城。城内提督府军务繁忙，高速运转，各地防务信息在此密集。大多数时候，固原提督披甲佩剑，登上固原城墙，或者出城再登上更加古老的秦长城，巡防过程中，将军城府的韬略顿时成为北地一场场或大或小的战火烽烟。

而这一切，现在都化为一块城砖上苔藓的斑驳。

今日，只见高楼耸，不见古城影，古城早已隐去了，把自己曾霸气矗立的土地让位于未来的现代化设施。

秦长城，或者古城墙，都与护卫有关，固原长城曾长期地护卫着长安和中原的和平。

在固原市区，有一座看守所依靠古城墙而运行，告诉我们古城墙的抗暴力、抗非正义的功能。

不论是秦长城，还是古城墙，都代表了公平正义。

而现在，秦长城和古城墙，正守护着我们内心的安宁，守护着我们的亲情、爱情、友情，守护着我们对未来美好的愿景。

我曾经攀登过万里长城的八达岭、山海关，也曾在西安、南京等大城市的古城墙上散步，也经常在固原秦长城跟下拾地软，在古城墙下栽树绿化打扫卫生。不论登远郊的古长城，还是等城市内的古城墙，只要是站在历史的脊背上，都可以让我们发思古之幽情，感受到人的个体之于历史长河是多么地渺小，很多纠结的事情可以释怀，很多事情可以看开、想开，这些历史遗产，总会改变我们短浅的目光而使我们胸怀宽阔。

文化之韵，或者启悟

一座城市是需要文化根性的。

秦长城，或者古城墙，宛若一部精神的巨著，潜移默化地影响和启迪着固原人的心灵，深刻陶冶固原人的情操，也不断地凝聚着固原人的力量，塑造着固原的城市品格。历史兴亡如过眼烟云一场春梦，而山河依旧，我们栖居的城市，因为秦长城和古城墙的存在，就有了历史层次感，有了文化根性的稳固感和敦实感，就像一个人的精神气质。一个浑厚劲健、朴实纯真的人，一定不会浮躁短见，一定不会追名逐利。也就具备了"十年磨一剑""不到长城非好汉"的勇气和追求，具备了一种有力修正当下混乱价值观的力量。

有关固原长城以及固原古城的诗文，历代政治家、文学家写得很多，一些作品在文学史上脍炙人口。关于这些诗文的现当代衍生诗文也是汗牛充栋，形成一道边陲之地独特的文化景观。从《诗经》开始，这里走过了卢照邻、王维、王昌龄、张籍、杨一清、李梦阳、吴梅村、于右任，这里走过了毛泽东，留下了《清平乐·六盘山》。毛泽东笔下"不到长城非好汉"中的"长城"所指，难道指的不是位于六盘山北麓、现在固原城内的长城吗？

"不到长城非好汉"已经成为固原的城市精神。一句诗歌成为一座城市、一个地域的、一方人民的精神写照，全国还能再找出几个地方？

"走哩走哩走远了，眼泪的花儿飘远了。走哩走哩走远了，眼泪的花儿把心淹哈了！褡裢里的锅盔轻哈了，哎嗨哟的哟，心里的惆怅重了！"这是历史的忧郁；"白杨树儿谁栽来，叶叶咋这么嫩来，娘老子把你咋生来，模样咋这么俊来。"这是现代的明快。由此，在这块热土上，也出现了名震中国西海固文学和西海固作家群的文化现象。这些，肯定与长城有关、与古城有关。

还有列举不完的其他独特的精神传承。

这些都是宁夏南部才有的一道道文化景观。

这些文化景观，比自然景观更美。其实，一个地方，只要形成文化景观，是最重要的，也更有现实意义。长城文化、城市文化，只要形成文化，那么，这个地方就会了不得。在当下的地域竞争、城市竞争、人文竞争中就会脱颖而出，这个城市就会激发出利民惠民的巨大潜能。

事实证明，城市的竞争本质是城市文化的竞争。

城市文化既是硬实力，又是软实力，更是巧实力。

千年秦长城和古城墙，穿越了中国漫长的农耕文明，当穿过城市的时候，当郊野长城被城市化了的时候，长城才有了真正的城市视角，古意之城正在被城市精神、城市文化所熏陶，静态之美的固原秦长城和古城墙，实现了与现代人的动感精神的完美结合，为我们诠释新的城市美学，也预示着大规模城市化的历史趋势。

没有什么能像长城一样代表传统。

没有什么能像长城一样代表现代。

也没有什么能像长城一样代表未来。

独特的边塞文化在这样一个经济欠发达的城市辉煌灿烂且一枝独秀，富有地域文化自豪感的固原人自然不甘落后于当下百舸争流的时代。譬如，在推崇生态文明和宜居环境的今天，固原人在及其艰苦的条件下，硬是以"固原的发展从栽活一棵树做起"的坚定信心和务实苦干，使固原城由十几年前满城只有稀稀疏疏的几排白杨树，变为今天被命名授牌的"自治区园林城市"。然而，固原人并没有就此止步，又以"不到长城非好汉"的雄心和气概，实施着宏伟浩大的"五城联创"工程，"文明城市""卫生城市"……固原人正在脚踏实地摘取着一顶又一顶的城市桂冠，全力将栖居的家园向着宁南区域中心城市和生态园林文化旅游城市的目标精心打造。这是固原人正在夯筑着新的永不竣工的长城。近年来，诸如市区的人民公园建设等很多民心工程，创造和刷新着山城建设史的"固原速度"，在这个过程中，固原也积累和生成着自己新的城市文化。

我们有理由相信，在新型城市化进程中，固原一定会脱颖而出。

为什么？

有秦长城和古城墙做后盾。

清洁之缘，或者守望

我曾在固原园林部门工作过一段时间，当时园林局机关就在一截城墙上挖出的窑洞内办公。这一截城墙，就是固原古城尚未完全拆除的内城墙。当时自己刚从县上调到市上不久，在市区还没有住宅，所以就将位于小西湖公园内城墙上的窑洞，既做办公室，又做临时住宅，就留下了和古城亲密接触的一段佳话和深深的情感。由于园林与古建的天然联系，到后来从心理上派生出浓郁的古城情结。也曾在固原市环卫所工作好长时间，而环卫所恰巧就在一截古城墙脚下，每当在办公室伏案的时候，只要一抬头，就会面古城墙而思。职业的方便，就经常性地流连于城市园林古建，也接触到很多园林古建资料，在这个过程中，深切感受到，心里有古城，胸怀中自然就多了一方寥廓的云天。有时，凝视一阵子古城墙后，感觉心底非常之踏实。

在网络化、信息化时代，收集古建资料非常便捷，只要输入搜索，一点鼠标，海量内容就会扑面而来，任你筛选。不论是穿越市区的秦长城，还是固原古城墙，都在新型城市建设中，与时代元素融为一体。

新的时代，长城、城墙等语词可以有很多新的诠释。

行走在今天固原的大街小巷，我们如果稍加留意，就会发现，有一个群体人数逾千，长年累月不知疲倦地清扫街道、清运垃圾，保洁公园广场、维护园林古建，这是一个默默奉献的群体，"宁肯一人脏，换来万人洁"。

作为一个喜好写作者，我曾经酝酿过一个写作计划，就是扎扎实实写一写固原的绿化工和环卫工。中国有数以万计的绿化和环卫工人，这样一个庞大的群体，生存在社会的底层，伴随着长城内外、大江南北城市化进程的不断推进，保洁这个行业精细化的程度将越来越高。我们栖居的家园需要干净，而就是绿化和环卫工人，用脊梁撑起中国当代城市清洁文明的大地与天空。

令人骄傲的不争的事实是，就是这么一个群体，在城市内，又构筑了一道——

清洁的长城。

清洁的长城，是多么惊心动魄的一道景观。

这些绿化和环卫工人，就不是一般意义上的清道夫，而是托起清洁长城的强大力量，是这道清洁长城的脊梁。

到目前为止，我写了数十首关于绿化和环卫工人的诗歌，但因为懒惰和才情不足，加上心气浮躁弄了个半拉子，既没有把诗写好，也没有再坚持下来。看来，还需要多上几回长城，多在长城上凝视固原城，凝视绿化和环卫工人这个群体，也需要反观自己的心态和不上路子的练笔。

林徽因曾经说过："有人说，爱上一座城，是因为城里住着某个喜欢的人。其实不然，爱上一座城，也许是为城里的一道风景，为一段青梅往事，为一座熟悉老宅。或许，仅仅为的只是这座城，就像爱一个人，有时候不需要任何理由，没有前因，无关风月，只是爱了。"

这句话道出了一个人与一座城市的情愫。之于固原城，因为一道"长城嵌城"的风景，让爱旷古。

又一次走上长城梁，沿着长城的脊梁走过，再登上矗立于城北的一墩烽火台，我看到蜿蜒的长城穿过城市，延伸到历史的未来，随后，又进入了一个新的拐点。

附录

文艺刊物要有所担当

——读《葫芦河》2013 年 1、2 期合刊"上圈组文学与影像跨界活动"专号

读完《葫芦河》2013 年 1、2 期合刊"上圈组文学与影像跨界活动"专号，感觉非常特别。总体上可以概括为：风格新颖别致，生活气息浓厚，民生反映直观，时代特征明显，极具阅读和收藏价值。

近几年来，我也较多地接触了一些文艺刊物，包括国家级、省级、地市级和县级刊物，也较多地阅读了当下一些一线作家创作的文艺作品，鲜见这一期县刊《葫芦河》及其刊发作品给我心灵带来的冲击力和震动感。由此引发对一些问题的浅显思考。

思考之一：刊物应该怎么办？这一期杂志可以说是一个精心策划的文艺专题，这一专题是针对处于西海固深处的西吉县沙沟乡阳庄村上圈组移民现象，兼具新闻性的深度文艺报道，具有多角度、多维度、深层次、大容量的特点。用合刊的形式，以 204 个页码，每个页码采用图上文下的编排体例，紧紧围绕移民生活、文学与影像跨界主题活动，集中推出同题材文学与摄影作品。特别是原汁原味地整理刊发关于村民与文艺家、文艺家与文艺家之间的对话，闪烁着意趣、智慧和温情的光芒。特别值得一提的是，本期刊发了上圈村四名学生的原创作文。据《葫芦河》杂志编辑李义讲，这一期"上圈组文学与影像跨界活动"专号已经送到上圈组村民手中。可想而知，这本杂志对于即将离开故土的村民的意义之大，对于学生写作的鼓励意义也是不言而喻的。读完"上圈组文学与影像跨界活动"专号之后，再翻开一些四平八稳的文学

刊物，我觉得办刊也要有创新精神。《葫芦河》作为中国首个文学之乡唯一的文艺刊物，虽然为县刊，但是其扎根基层，立足地方，不断探索、不断创新的办刊精神，值得当下很多刊物学习和借鉴。

思考之二：文章应该写什么？这是一个写作者一生绕不过去的话题。尤其在写作思潮泛滥、各种主义林立的当下，一些写作者，也不排除一些大家名家，写着写着没什么写了，写着写着开始玩玄虚、玩空洞、玩技巧、玩小资，大肆无病呻吟，大肆制造文字垃圾。我个人认为，文学写作要重点解决好两个问题，即"怎么写"和"写什么"的问题。"怎么写"比较好解决，可以培训，甚至可以速成，而"写什么"的问题至关重要。"写什么"在一定程度上体现的是写作者世界观、价值观的问题，"写什么"在一定程度上还体现到写成后的作品的社会价值和对于读者的精神导向。《葫芦河》2013 年 1、2 期合刊刊发的陈小波诗歌《快乐和悲伤都喊不出来》特别好，这是本期最打动我的文学作品之一。"这个大山里女人的悲伤不比我多／快乐更不比我少／天南地北两个女人最相像的就是／快乐和悲伤都喊不出来"，多么耐读的句子。作者坚定地站在民间立场，"两次进上圈村，都住在村民王凤梅家"，通过下很深的功夫描摹别人，写出了自己的生命体验和感悟，其实写出了天下女性的生存体验和感悟。这首诗相信读给上圈村的任何一个村民听，都能听懂，而且语言朴实无华，笔力力透纸背；这首诗相信放在当代中国诗坛上，与任何一首好诗相比都会毫不逊色。因此，并不是打什么官腔说什么套话，我们如何回答文章应该写什么时，答案很简单，就三个字：写人民。

思考之三：艺术触须应该伸向什么地方？毋庸置疑，一个文艺家的思想、眼光、艺术触须应该是高位的、多维的、宏观的，甚至还应该是未来的，当然，也应该是比流水还低的，比毛细血管还细的，现实的，切肤之痛的有感体验。当下的中国社会，工业化、信息化、城镇化、农业现代化浪潮铺天盖地，正处于社会转型期，一些领域快速变革，人们的生活和思维方式更多地处于拐点，一些人很快转换角色适应了，一些人茫然无措，也有一些人被淘汰。

而在这样的时代背景下，文艺家的艺术触须更应该伸向火热的社会生活、波澜壮阔的社会变革一线，伸向人民，人心，人的生存状态、命运和价值取向，伸向人与人的社会关系、心灵关系，以及在这种关系之下的隐秘的思想、情感体验。而在西吉县、西海固乃至宁夏全力实施生态移民工程的特殊历史时期，上圈的全体村民即将离开故土，离开百年村庄，举家、举村搬迁到平罗县境。这不是简单的物质条件和生活方式的变更，更伴随着深层次的文化心理的调适，而这个调适过程可能很长，对于部分移民而言，可能一辈子都完不成。作为文艺部门和文艺家来讲，这正是艺术触须伸向所在，而西吉县文联主席郭宁先生作为一个基层文化工作人员和一个文学摄影跨界艺术家，敏锐地抓住了，争取协调组织了"上圈组文学与影像跨界活动"，一批文艺家贴近实际、贴近基层、贴近百姓，与上圈的移民群众同学习、同吃住、同劳动，并出一期文艺专号作为成果之一展示，留给我们更多的思考空间和启迪。文艺创作是一项个体性很强的活动，但我们也要充分肯定一个睿智的文艺管理工作者对于群体性创作触须伸向的引导作用。

思考之四：文艺的生命力何在？通读本期专号，图文并茂，鲜活灵动，是一份深深扎根泥土之上的精神硕果。读《一次"混搭"的艺术实践》《关于艺术——留在上圈的对话》等文章，给我们以深刻的教育和启示：文学艺术创作的源泉在于火热的生活，生命力在于反映时代特征，价值在于有所担当，核心作用在于润泽人心。这些观点，可能与有些正规的文学理论教材相悖，会遭遇一些学院派理论家的驳斥。但是我不喜欢引经据典的评论写作方式，更喜欢随感而发。本期专号，我特别仔细阅读了四篇感人的学生作文。之后，再看题目，分别为《故乡》《悲伤的往事》《我的家》《上学的艰难》。这让我不由联想到评论界关于一段时期西海固文学的普遍看法，即苦难写作和顽强的精神赞歌。当然，我们不能把这几篇作文置于文学的高度来评判，我不敢肯定这几个学生因为《葫芦河》文学季刊发表作文而对今后热爱写作有所激发，但我敢肯定编辑的良苦用心。文艺的生命力何在？"上圈组文学与影像跨界活动"及其专号提醒我们对于这个问题必须经常性地深度思考。

　　用实事求是和发展的观点与眼光看问题,任何事物都不是十全十美的,没有最好,只有更好。体现在文艺刊物上,当然包括本期《葫芦河》杂志,可能也存在着这样那样的一些问题,但是我们不能过分苛刻。看待发展前进中的事物,一定要以开放包容的心态。县级刊物办刊实属不易,我们要鼓励一个县刊不断地提高办刊水平,就像一个文艺刊物一定要培养鼓励文艺工作者不断提高创作水平。而《葫芦河》杂志在无法与一些大刊名刊办刊力量相提并论的情况下,走出了一条具有创新和亮点,符合时代发展、民心所需、审美所趋的路子。

　　文艺要有所担当。因此,《葫芦河》2013 年 1、2 期合刊"上圈组文学与影像跨界活动"专号的积极意义不可小觑。

"春花"依旧笑春风
——"春花文学社社员作品集"述评

　　春花文学社，根植于六盘山下，萌芽、成长、苗壮于历史名词"固原民族师范学校"，代有马正虎等名师育苗修枝，马金莲等骨干问鼎文坛摘桂冠；随后在中国文学最肥沃的土壤——西海固休眠、蛰伏，宁夏山花烂漫时，"春花"无觅处，21世纪20年代初，天开文运，昔日师生，天南海北线上线下共倡议，春花文学社在中国第一个"文学之乡"复兴，文脉赓续，蓄势再出发！

　　我曾以《春花文学社复社记》为题，写下上述文字。其实关于春花文学社，在二十余年业余练笔中，我在多篇文字中情不由衷地提到。和我一样的从"春花"起航文学之旅的文学前辈和同仁们，大都以"春花"为文学初心，抒写过青春梦想与文学情怀。印象尤为深刻的是1999年5月《固原日报》副刊的一段话："固原地区校园文学长盛不衰，他们大多以社团的形式活跃于西海固文坛，可以说是西海固作家和诗人的摇篮。他们在各位热心师长的指导与鼓励下，围绕着各自的校刊校报亲近和感悟着美好的文学——师专有《山城》，师范有《春花》，卫校有《红月》……今日花红满园，明日硕果累累。我们期待着校园文学之花越开越艳。"

　　而在西海固文学界的一个事实是——"春花"秋实。春花文学社，随着时代变迁，也由校园文学主阵地蝶变为乡村振兴号角手，春花文学社老新社员们，在更为广阔的天地中，书写新时代乡村振兴新史诗。在"春花"方阵中，有高原有高峰，更多的热情的理想主义者们，作为厚实的文学铺路基石，他们以鲜明的西部新乡土文学特质，以笔为旗，以梦为马，执着地向着内心的诗与远方。通读"春花文学社社员作品集"，走进他们及其沾满泥土、带着露珠、冒着热气的作品，让我读出了久违的美好，诗意的盛宴，虔诚者的呓语，一群可爱可敬的文学追梦人的才华与心迹。通读"春花文学社社员作品集"，蓦然发现，春花文学社社员们小说、散文、诗歌，评论各种文体都有建树，成就斐然，各领风骚。

先谈小说。马金莲的短篇小说《爱情蓬勃如春》一开头"木清清择偶的标准是她爸木先生。高大，英俊，脾气好，对老婆疼，几十年如一日地好"就紧紧地抓住了读者的好奇心，随着故事的展开，"青年甲""青年乙""青年丙""青年丁""青年戊"，等等，"从她的筛子眼里掉下去了。没有一个能有幸长留在筛网上头"。小说以木清清为视角和一条贯穿线，生活与爱情，生命与死亡的诸多表象与内里，通过充满阳光气息的文字，叙写凡人生活的常理和貌似的"悖论"。不得不说，马金莲力透纸背的小说功力，以及她长年累月勤奋的创作，呈现给读者的都是精品力作。马金莲的文学创作是严肃的，对待自己的作品也是苛刻的，始终坚守"作品是王道"的理念，所以她的作品品质在不断提升和多元化。因此，她无疑也是春花文学社社员中一个独特的现象级存在。多年前，马金莲从春花出发，一路走来，走出了自己，走出了春花文学社的骄傲。马金莲的文学成就自不必说，很多专家学者、评论家的作品够多的了。而更多人所知之甚少的马金莲，是她近年来对基层作家的挖掘鼓励和很多别人看不到的为人做嫁衣的传帮带工作，马金莲在个人笔耕的同事，不断在西海固厚植文学兴盛沃土，发现和培养文学新人。薛玉玉短篇小说《小妹的假期》讲述了一个老人临终前一段时间老人及其亲人们的生活和心理状态。"伏天的白天是漫长的，小妹不用和大人们一样，整天在麦地里挥汗如雨，中午觉也没时间睡。她也不同于其他无所事事整日闲逛的小屁孩，她有自己的任务，那就是伺候重病的外婆"。麦黄六月，虎口夺食，农民人家，庄稼需要收割，临危的老人需要照顾守候，所有人的日子需要往下推，平平淡淡而又惊心动魄，有人性之美，也有美与丑的较量。"小妹几乎从来没有当面把吴云霞喊过一声舅妈，那个膀大腰圆的女人一脸恶相，看着都不是啥善茬"。小说以民谣"贼娃子，溜娃子，上树扯了裤裆子；贼娃子，溜娃子，偷人跌破勾蛋子"的冷幽默，以儿童视角对成人世界的不善之举进行无声批判。薛玉玉小说善于塑造乡村人物形象，每一个人物形象都是关照人性的一面镜子。这也让我们管窥到薛玉玉的创作潜力。像马金莲一样，薛玉玉也是一名执着勤奋的作家，很值得期待。

再谈散文。马正虎先生的《木兰书院散记》形散而神不散，依然给他的学生们诠释着"学高为师，身正为范"的道理。让我们进入文本探究先生的师者笔墨。"多少次驱车穿过扫帚岭／看火石寨燃烧的石海／多少次驱车登上月亮山／看白城西山落日熔金……""沿着固西高速，循着葫芦河水，抵达诗意杨河，文化木兰，眺望烟火张家堡，体验人气红糜子湾，处处是定格的田园，时时有行走的风景"。相比于早年的文字，近年来，马正虎先生更加热衷于搜集整理西海固民间的魅力"花儿"，并且开始出手诗歌，宝刀不老，文字干净，其作品始终坚守人民立场。把《木兰书院散记》与春花文学社的发展脉络一起来反复阅读和体味，就能读透"作为作家之家，教育家之家，春花社员之家，固原民族师范学校师范毕业生之家的木兰书院，它不是陶渊明的《桃花源记》里的桃花源，俨然坐落在大山深处的文化中心，信息中心，教育中心，是运用现代化手段传播知识、强化实践的新田园"这一段所蕴含的先生毕生的情怀与付出。先生因桃李满天下而有着特有的文化自信，他在"春花秋拾百果丰"一章中，无不自豪地写道："滋润着《春花》文学的母校——固原民族师范学校走出了两个鲁迅文学奖获得者，一个是郭文斌，一个是马金莲，这是宁夏文坛了不起的大事。"先生沙场秋点兵，列数着他数十名作家诗人学生们近年公开出版的数十部文学作品集，先生叹曰："固原民族师范学校淡出了固原教育的历史，木兰书院保存了春花文学社的痕迹，西海固文学成就了春花社社员，优美的文字留下了学校的声名"。马正虎先生作为春花文学社的灵魂人物，由社长到导师，在春花文学社的各个历史阶段，都留下了浓墨重彩之笔。谈及春花文学的话题，他总是一个绕不过去的存在。读完《木兰书院散记》，我不由得记起在"西部新乡土文学首届诗人节"上，组委会给先生颁发"青春旗手奖"的颁奖词："他已经满头华发，却始终保持着文学的青春；他育人无数，培养了许多文学翘楚；他作为领军和奠基人，推动春花文学社成为西海固文学的滥觞、西海固作家的摇篮；他在花甲之年，领航春花文学社重新扬起西海固文学进军的青春梦想，再次远航"。史静波的百篇《木兰闲话》系列我一直跟踪阅读，并一直思考着在当代，什么是"文人"。读完《木兰闲话》后，我才真正地体味到"不经一番寒彻骨，怎得梅花扑鼻香"和"读万卷书，行万里路"对一名成熟作家和他的作品的重要性。作为西海固文学界的"一匹黑马"，其实史静波近年来一直将更多的精力放在文学组织上，锲而不舍地挖掘和组织引导基层农民作家在乡村振兴背景下激情创作，全面反映从农耕文明到现代文明乡村的文化和心理变迁，人们的生命状态，对乡村进行多维度反思和展望，形成具有强烈生命关怀意识的"西部新乡土文学"效应。马君成《烟雨迷蒙访高台》，讴歌了西海固几代师生恪守"扎根六盘，献身教育"的信念和美好的师生情谊，和他的所有作品一样，激情张扬着一名教师作家的匍匐前行和理想高歌。秦志龙在《何为老人》中，通过写法显的游历，提出"在今天老龄化社会到来之际，我们更应该用法显所具有的这种精神，来唤醒我们的时代"。用一篇散文警醒人们拒绝时下普遍存在的"躺平"时弊。

再谈诗歌。马生智组诗《物语》以农耕社会里常见的镢头、铁锹、碌碡、锄头、石磨为题，进行诗意的叙事和抒情。"碌碡到了中国西北／一个叫大圪塔的村庄就被唤成了滚子。在黄土地上驰骋过／打谷场上潇洒过／也在男人的手中／扬眉吐气过。随着村庄变成工业园区／滚子也将自己滚到了时光深处。村里最后一个能将滚子架上树棵权的人／先于村庄成为了历史（《碌碡》）"，作为一名移民诗人，马生智"年深外境犹吾境，身在她想即故乡"，在其诗歌中总能读出浓浓的乡愁。"有十多年没有轮过镬头了 / 这些年知道了有些东西是挖不动的 / 无论你有多么锋利的工具 / 能使出多大的力气（《镬头》）"，一名人到中年的诗人，对生活的理解逐渐趋向通透。"一把与杂草斗争了几十年的老锄头一生 / 最大的悲哀是自己根本无力根除 / 那些混迹于庄稼里的杂草（《锄头》）"，一名资深诗人，他的诗句里总有深刻的东西值得你去品味。刘静财"麦子黄了 / 杏子黄了 / 驴耳朵草也跟着黄了 / 山坡上的狗缨草一片连着一片 / 明晃晃地起伏不定 / 落花的牡丹、芍药没有果实 / 空长着肥厚的叶子…… / 这一切，在走向死亡的途中 / 从未停止渲染世界（《从春到夏》）"，有着人生一世草木一秋的慨叹和绽放生命的人生观，诗句有着阳光与金子般的质地。马鹰"在寂寥的一隅 / 梯子的暗影与神祇窃窃私语 / 一束光抚摸窗口的尘埃 / 蒙尘的阶梯还在展示被人遗落的足印 / 流年守护着那个铁锈色的诺言 / 捡拾遗失的斑驳光影 / 一往情深地把她们镌刻在永恒的尘埃里（《梯子》）"，分明是在讴歌一种力量，擦亮一种精神，这让我记起马鹰常说的一句话："人生，并不全是竞争和利益，更多的是互相成就，彼此温暖"。高红霞"如同无法用一朵云来装饰天空 / 我更无法将希望寄托于一季的绿 / 就像那些种树的人 / 一茬一茬地来了又去（《月亮山的风》）"，诗句言之有物，驾驭诗歌语言自然而有力道。"一位老人坚守的很多年 / 我因为春花而开始的梦 / 其实我没想象中的无动于衷 / 只是不知如何用文字表达内心的澎湃。用浓郁的语言不动声色地 / 掩藏起心底低吟的海啸 / 那些无数的期待和希望 / 在一个叫杨河的地方复活（《杨河印象》）"，心能够到达的地方，一定要去留下自己的脚印，作为一名诗人，总有不一样的坚守与梦想。田进万"住院了 / 才真切意识到 / 拥有健康是最大的福气 / 就连那句 / 有什么不要有病 / 没什么不要没钱 / 用以调侃的话也是如此精致 / 然而对于疾病 / 我们不应抱怨什么 / 只能默默接受 / 它毕竟也是我们身体生长的一部分 / 有时，决定生命长短的要素 / 不在于身体方面的表象定义 / 在于精神层面的精确定位（《病中记》）"，平实的诗句，写出了生活与生命本真道理。读完春花社员的诗歌，让我记起青年作家程进红"在大地上写诗"的诗观，程进红认为，把诗写在大地上，写给最底层的民众，回归本质，释放天性，崇赏自然，为老百姓呐喊。很欣慰的是，从春花文学社成长起来的作家诗人们，一直走在纯正的创作路子上。

再谈评论。王佐红《立体的宁夏文学研究》写的是他的大学老师李生滨教授及其著作《当代宁夏诗歌散论》。李生滨教授我也很熟悉。李生滨教授曾在十多年前读完我的个人诗集《放歌西海固》后，在扉页上写下"质朴真诚的诗人，质朴真诚的诗歌"，而这句话后来一直指导着我的做人与作文。十多年来，我一直因为这句鼓励感动着。言归正传，王佐红文艺理论素养深厚，给一个专业的评论家文字写评论是件冒险的事情，譬如我正在写关于王佐红评论的文字，与其说是评论，不如说是学习。从春花文学社成长起来的作家诗人们，写小说散文诗歌的居多，而能拿下评论的，还真是少之又少。难能可贵的是，王佐红是春花社社员中成长起来的一名多面手，各种文体信手拈来，样样拿得出手，行行颇有成就，这是值得所有作家诗人们学习的。中国传统文化自古文史哲不分家，然当代作家诗人读写专业的细化，在一样精通的同时，却事实上存在着学识上的甚为遗憾的短板，而不能成为一个真正意义上的"文人"。再回到王佐红文本，"考察作家成长史的经验告诉我们，名家背后普遍都有群体，名家肯定是从群体中而来的，不会有突然的高度，高峰一般乃在高原之上"，王佐红的这一观点，我深以为然。而春花文学社社员们塑造山清水秀的文学生态，守正创作，抱团冲锋的意义正在于此。

我们的青春时代，狂热追求缪斯，和恩师们一道办着一个社员阵地《春花》，二十年后，"春花文学社社员作品集"重聚首，相互真情坦露追求缪斯的心路历程，言未尽，已是泪流满面。衷心致谢《罗山文苑》提供的平台！这将是一朵微小的春花再次怒放西部新乡土文学非常有意义的一笔。

从西海固文学"杨河现象"看文学与乡村振兴

——《六盘山》文学杂志与固原作协"创作基地"挂牌杨河村木兰书院的讲话

荣幸地与自治区、固原市、西吉县三级文联的领导和老师们，与宁夏师范学院等院校各位专家们，与西吉县领导，区内部分作家面对面座谈交流"乡村振兴：我们需要怎样的文学"这一全新的命题。

在座的有几位老师都是我们仰慕已久的大家名家，还有固原民族师范学校期间的恩师马正虎先生、邹慧萍女士，各位老师的作品，我们也经常能够读到，经常学习汲取营养。

我们在中国首个文学之乡西吉，在美丽的葫芦河畔，在诗歌之村杨家庄，在文艺者之家木兰书院，奢侈地享受着夏日的清爽，很有群贤毕至，谈笑皆鸿儒的感觉，大家面对面，零距离互动，极具文学的气场和诗意，这种感觉好极了。

《六盘山》文学杂志与固原作家协会今天一并将"创作基地"挂牌在杨河村的木兰书院。我觉得真是非常有意义的，这项活动正当其时，可以说是市文联、《六盘山》编辑部先行一步，目前，在我的信息中还没有读到听到把"文学"与"乡村振兴"关联起来的活动，这个以"乡村振兴：我们需要怎样的文学"座谈会应该在全国基层文联第一次开吧，应该对全区、全国有着启示性、引领性、导向性作用吧。这项活动必将产生强大的外溢和发酵效应。在西海固，在杨河村丰厚的土壤里，必将种下某种精神的文化的籽粒，会有发芽、生长的各种可能性。

《六盘山》文学杂志给我们搭建起这个高端平台。不仅仅是今天的平台，《六盘山》常年以来，总是以润物细无声的情怀，久久为功，绵绵用力，锲而不舍地培养着"西海固作家群""西海固诗群"，既培养出像石舒清、郭文斌、马金莲等本土"鲁迅文学奖"获得者，也培养出遍布西海固大地的，可以称之为"文学基石"的作家群体——这片土地上的歌者、发声者。《六盘山》培养的既有文学"高原"，也有"高峰"，使西海固大地成为"中国文学宝贵的粮仓"。"西海固作家群""西海固诗群"成为这片土地上，兼具现实主义和浪漫主义的灵魂名片。

"为什么我的眼里常含着泪水，因为我对这片土地爱得深沉。"不可否认的是，历史上的西海固，还有一张名片，那就是：贫困。这里曾是"最不适宜人类生存的地方"。但是西海固人民，硬是以"不到长城非好汉"的革命精神，以"三苦"作风，"三牛"作风，漂亮地打赢了脱贫攻坚战，使西海固又成了中国，乃至世界减贫事业的缩影和样本，这在今年央视推出的热播剧《山海情》中，得到几近原生态的艺术呈现。

而在中国历史上大气磅礴、气势如虹的脱贫攻坚中，西海固的作家也没闲着。他们始终在场，都在一线，在西海固，很多体制内的作家，下沉到艰苦偏远的贫困村，克服了难以想象的困难，担当了使命，展现了作为。如市文联副主席单永珍老师、秘书长李方老师，还有宁夏作协秘书长闫宏伟老师，诗人杨建虎老师等，都长年驻村，或作为第一书记，或作为扶贫队员，把平平仄仄的诗歌，发表在西海固的山峁沟壑，发表在老百姓的心坎上，展现出文人的良知担当和家国情怀。西海固作家视野开阔，宁静沉思，关注底层，关注人民，守正创作，书写着这片土地上的历史和现实、生活美和人性美。我也曾在大山深处做过三年的驻村第一书记，写过一首《致扶贫队员》的诗，念出来请大家批评指正："我有一颗心，给了贫困户／我有一身的汗水，流在贫困户的田地里，流在牛圈里／我有一个思考的大脑，用在每一户贫困户的脱贫良策上／我还有微薄的工资，拿出一部分，给残疾户、双老户买点米面油/帮眼盲者动手术，让我们一起看到光明……"。诗写得不好，却是一种真情的真实表达。

而体制外的作家，被冠之以"农民作家""移民作家""轮椅作家""门板诗人""羊倌诗人""打工诗人"，等等，苔花如米小，也学牡丹开，他们的作品充满着草根、原始、在野气息，带着泥土芬芳、生活激情和美好向往，能与学院派、建制派三分天下。很多作家本身就比较贫困，本身就是战贫的典型，很多作家，种庄稼，养牛羊，上新疆下福建打工挣钱，养家糊口，但始终视创作为第二生命，在土里刨食的同时，始终高扬着文学旗帜和理想。

有评论说，一部西海固文学是一部苦难文学，但我要说一部西海固文学，就是一部人类精神生存高地上的神性吟唱，就是一部独属于西海固人隐秘的心灵史诗，更是西海固大山里生生不息、在世界上都可以绽放异彩的花儿。"头割了不过碗大的疤，一辈子就这个爱法"。这是一种西海固乃至宁夏文学精神。

好在西海固绝对贫困的一页已经翻过去了，好在"西海固作家群""西海固诗群"这一中国文学版图上的特殊存在，就像西海固的脱贫壮举一样，能够放出去，能够摆到桌面上，让世人品评，或者说品鉴，这也是西海固文人们的"文化自信"。

各位今天到杨河村，到木兰书院，可能会发现，这里的老百姓无论从思想观念、精神面貌，还是生存状态，较以前已经有了革命性变化。木兰书院的创始人史静波先生，在这里开办"西海固文学教育馆"，专题讲授传承西海固文学，公益性培养西海固文学新苗，在这里打造以文学为内核的"乡村振兴综合体"，我感觉这也是非常有情怀、有价值、有担当的事情，我认为也可以称之为西海固文学有意义的现象之一，暂且称之为西海固文学"杨河现象"。史静波先生有着深厚的传统文化功底，虽然暂时不是一名一线作家，但也是一个文学人物，引发一种文学的文化的现象。做这样的事情，应该是能够行稳致远的。

杨河山清水秀，人杰地灵，文坛政商等各界佼佼者辈出，是一片广阔的天地；静波阅历丰富眼界开阔，文才干才兼备，放下首府都市的"高官厚禄"，回村背起手来当乡贤，提起笔来写诗文，"你是村里最靓的仔"。杨河不火是不可能的，不成为"乡村振兴综合体"的典范是不可能的。

史静波家庭是"诗人之家"，一家四口，人人都是好诗人。我给大家读一读。这是史静波 7 月 23 日在微信朋友圈的诗句："午坐村头公交点，无车无人日光懒。清风阵阵过山巅，白云悠悠去时闲。少时曾嫌地球小，今日只觉一屋宽。悟道何须访名山，菩提树下可参禅。莫如斜倚柳下眠，济公一梦到天边。"读来很有韵味。

静波还有这么一首诗歌《我的朋友，木兰书院请你来》，很有格局，很有眼界：

北边的朋友啊，我请你来
走过呼伦贝尔草原
抚过动听的马头琴弦
踏过贺兰山缺、西夏古陵
穿过长河落日、大漠孤烟

西边的朋友啊，我请你来
走下布达拉宫，告别八角街上最大的情郎
越过青海湖上仓央嘉措的爱情绝响
揖别流沙阳关、敦煌飞天
带着征人风尘、岁月红装

东边的朋友啊，我请你来
作别苏杭天堂、江南水乡
作别建安风骨、苏子吟唱

穿过皇城古都的雄壮

穿过五千年文明的苍黄

南边的朋友啊，我请你来

走下峨眉山巅，走过杜甫草堂

越过蜀道秦塞、雪拥蓝关

带着天才诗人的吟唱

一路风尘、翻山越岭

朋友啊，我请你来

来到这个离天很近的地方

来到这个连龙王都舍不得一滴眼泪的地方

来到中国文学之乡

我放下所有的清高和矜持请你来

只愿你用深情的眼泪

为这片土地

写下动听的诗行

滋润这片曾被称为不适宜人类生存的地方

　　这是静波的爱人韩晓庆题为《因为你们，我成了一个夜行者》的诗句：
"曾经那个冬天早晨因为怕黑需要婆婆送到小区门口打车上班的我／曾经那
个冬天晚点回家在小区里被风刮起的塑料袋吓得背着包撒腿往楼道跑的我／
如今成了我回忆中的一个笑话／而今／我最怕上班时候听到奶奶电话里说你
不舒服的消息／我怕你觉得已经很努力了没有考好唉声叹气的样子／我怕你
因为期望和现实存在差异而眉头紧锁产生焦虑的情绪／因为你，你，你们／

同一座城便有了两处牵挂／从东到西，从西到东／总觉得路盲的我／这段距离／就算天黑下雨／我也能找到回家的路／从此，夜晚的霓虹灯影车箱里的歌声／遥远的月色星辰／连同那高远的黑色云雾都成了最美的风景。"读来很有生活气息。

这是静波上高中的儿子史彭阳题为《别木兰》的诗句："回首木兰近卅日，往事历历未消然。初至夏蝉叶中鸣，繁花映照雨后潭。去时秋风逸林间，影绰星稀耀玉盘。金气略凛凝云冷，轻榻失暖水复寒。书余新页尚未启，才研旧墨不曾干。征铎无音人已行，鸡鸣驿路归银川。日垂但知夜将至，一别木兰何时还？昔时共读同学情，和睦相敬促膝谈。抚琴长歌短松下，沾露惊虫登青山。瞰雾蒸蔚出幽壑，听雨击节落栏杆。木兰育我无图报，我出木兰泪湿衫。龙出沧海翻紫电，鹏驾扶摇入九天。锲而不舍金石镂，细水滴石终可穿。从今奋勇争潮头，迈步雄关不知难。"读来比他爹的还好，还美，有思想，有文采，有情怀，前途不可限量。

后面是静波二年级的女儿史浩月题的诗句："丁香花已凋落／桂花正在生长／但谁知道她小的时候也是一株花／只是没有开放／像一丛葱郁的小灌木丛／等她开放了／我们闻到了她／看到了她／高大的大树给我们新鲜的空气／她小的时候／有人照顾她／等她长大了／她就会自由地生长，大自然啊／美丽的大自然／谁知道她有很多奥秘正等着我们去发现她。"读来我好像看到了第二个马金莲。

话题回到"乡村振兴：我们需要怎样的文学"主题上。

生而为西海固人，生而为西海固的写作者，绝大多数出身于农村的西海固的作家，我感觉目前大都自觉或不自觉地深刻转型，这种转型是各方面多维度的，无论大家意识到，还是没有意识到。但这种转型在我们的身上，在我们的心里，正在发生着，这是一种化学转型。

于是自然而然，我们就面临了一个新的挑战。既然绝大多数西海固作家，在秉承和坚持着西海固地域性写作，那么如何适应转型时代，摒弃同质化，就需要在题材、手法、关照等方面，必须突破既有和惯常套路，和或轻或重的思维固化。"笔墨当随时代""推陈出新""突破自己"等观点的坚持，和弘扬就显得十分必要。今天的"乡村振兴：我们需要怎样的文学"座谈会，或许，我们心里已经有了答案。

"生活不止眼前的苟且，还有诗和远方。"诗在哪里，诗在远方。远方在哪里，远方在心里。每一位作家的心里都有一方祖国的壮阔河山，每一位作家的心里都装着人民的悲欢，每一位作家的心里都酝酿着乡村振兴的伟大诗篇。

在这里，我个人谨以文学的名义，向各位领导、各位老师致谢致敬！也祝贺木兰书院获牌固原作协、《六盘山》编辑部"创作基地"。

西部新乡土文学作家作品折射
"新时代固原作家精神"

　　微刊《西部新乡土文学》创刊后，刊发了大量本土作家作品。和《宁夏蒲公英教育》一道，自觉承担起发掘、培养、推介本土作家和文学交流的职责。推出的作家作品，《农民日报》《宁夏日报》等主流媒体及区内外专业文学刊物转载，反响非常好。

　　两个文学微刊，都有品牌栏目。《宁夏蒲公英教育》所设立的《文学杨河·诗咏乡愁》栏目，推出的30多组数百首农村老物件系列诗歌作品，风靡山乡与都市广大读者。这个栏目由青年作家薛玉玉编辑，付出了大量的辛苦。关于这个文学栏目，我在其他文章谈得较多，在这里重点谈谈《西部新乡土文学》栏目及推送的作家作品。

　　《大地诗草》是一个诗歌栏目。推出了马鹰、若莲、王晓云等数十位诗人诗作。诗歌栏目牢牢把握了用情抒怀回归常识的文学书写导向，杜绝了精心玩弄文字技巧、在度娘中搜索意象堆砌、从古今中外搬来"异质感"来拼凑长短句的伪诗人及其诗歌。正如王晓云在诗歌《随性》里写的："不要迷信谁能教给你多少 / 不要被形而上的思考羁绊 / 不要让金钱也不要让经典 / 困住你的想象力和追求"。诗人写作，首先是为了解决自己内在的问题，外界不必过度阐释。李翠萍在《秋的尾巴甩出冬的苍凉》里写道："深秋和黄昏一样苍茫 / 枯黄的叶子飘落着 / 它用残喘的生命装扮着大地"。诗写自然，自然地写诗，成为西部新乡土文学诗人们的普遍创作状态。

《乡村古今》是一个小说栏目。推出了作家冯华然关于教育题材的几篇小说《马燕日记》《马霞留守记》《马沙辍学记》。作为一名基层教育工作者，作家冯华然对城乡教育生态非常熟悉，写出的作品有着作家深切体验感悟，因而反映和揭示的问题深刻。《马霞留守记》书写农村儿童教育真实存在的状态。《马燕日记》那些已经习惯了沉默的孩子，能否唤起更多的关注。《马沙辍学记》会让读者揪心且堵心，并引发深思。唯有"你的头让驴踢了"这一句无奈中的怒斥很让人释放，别无其他。辍学的马沙最后到底有没有返校呢，马沙到底是怎么成长的，马沙的人生到底有没有未来呢。冯华然小说，让我想起藏族作家次仁罗布在木兰书院曾经说过的读文学作品与找出路的观点。

　　《书院雅集》是一个散文杂文栏目。推出了马晓乾的《啊，回不去的故乡》、南芳梅的《炒面》、李鹏飞的《山城秋韵》等作品。这些作家都饱含着对脚下这片土地的深情，讴歌故乡。特别是南芳梅的《炒面》非常耐读。"据说，解放前爷爷当货郎时就用褡裢（酷似口袋，中间开口比较小的麻绳织袋，方便取东西，又好搭在肩膀或驴背、马背上）装着炒面和干粮走南闯北，由于出门在外不知归期，所有吃喝度用都装进褡裢里，一边是食物，一边是用物。当然炒面是最重要的行囊之一，长时间也不怕坏掉。"南芳梅散文，让我联想起读过的甘肃作家李满强《乡食杂记之——炒面客》的一个段落："因为关中产粮，每年5月左右，陇东一带的麦客，会带上炒面大量涌入关中割小麦，乡人朴实耐劳、坚韧不拔的品格，若是有人以后喊我：炒面客，我会坦然应之"。同为西北作家，同写"炒面"，其实深刻地写出了一种生存状态与文化。大西北农家子弟，哪一个不是"炒面客"的后代。南芳梅的《炒面》里，写出了西北人黄土高原一般的广袤乡愁。

　　《乡愁行吟》是一个散文诗栏目。推出了史静波的《高原秋韵五章》、尤屹峰的《一轮玉》等散文诗佳作。细细品读完这些饱含思想性现实性且精致隽永的散文诗作品，让我们有理由相信，宁夏南部散文诗创作并不是日渐式微的。史静波的《秋水》与其说写秋水，不如说在写他沉静深邃的思考。葫芦河夏寨水库的一汪秋水，在作家笔下成为"文学人心心念念的圣水"。只有内心温润如玉的人，才敢写玉，才能写出玉的质地，比如尤屹峰《一轮玉》。散文诗是有语言美感要求很高的一种文体。无论是读史静波的《秋水》，还是读尤屹峰的《一轮玉》，都会令人内心安静澄明，享受如水如玉的阅读愉悦感。

《花儿漫六盘》是一个新花儿栏目。推出了马正虎、马志学搜集整理的《民间花儿十首》，金玉山的《好花儿唱给咱家乡》等作品。作为本土文学瑰宝，尽管社会各界对"花儿"的挖掘与传承开始重视起来，但是力度还远远不够。文学应该也必然是一切艺术形式的"母体"，当下的"花儿"挖掘与传承，必须给"花儿"赋予文学性和时代性元素。"月亮山的松树根连根／民族心哟／盘根根连肉的骨筋／手拉手攥紧憋足了劲／大团结哟／一声嘛一声地感恩"。马正虎、金玉山等作家诗人，近年来，把现代诗歌与古老"花儿"有机融合，拓展了"花儿"艺术新境界。

像马正虎、金玉山这些以诗人作家的身份进入"花儿"创作领域，像《花儿漫六盘》这样新花儿栏目的开设，正是一种文化自觉的努力。还有《古风今韵》《乡村美声》《木兰谈艺》是等栏目，立体式推送西部新乡土文学作家群最新原创作品，展览馆式展示了基层作家的精神风貌，创造状态与风格。

微刊《西部新乡土文学》编辑队伍都是木兰书院驻院作家，他们是基层一群泥腿子文学追梦者，一群文学的义工。对于文学，他们只求奉献，不求回报，唯有热爱。无论是文学创作，还是文学编辑，都向我们呈现出一种弥足珍贵的一种精神。

精神的力量是无穷的。我长期思考这么一个问题：从个体"爬格子"或者"敲键盘"的艰辛创作来观照，作家们是最具意志力的群体之一，固原作家们的思想和行动体现更加突出，从而汇集形成一种强大的精神力量，这个可以自信地叫响"新时代固原作家精神"。这种精神的特征我个人总结为：

勤奋执着，坚韧跋涉，勇攀高峰，追求卓越。这是一己之见，抛砖引玉。

我们确实需要弘扬一种"新时代固原作家精神"，使之成为新时代引领社会风尚新动能，为城乡文明进步添砖加瓦。微刊《西部新乡土文学》，致力于推动正在兴起并不断形成影响力的"西部新乡土文学"现象。它的定位与特征也很明确，就是：根植新时代文化兴盛沃土，立足西部、面向全国、面向世界、面向未来，提升时代性、乡土性、主体性、实践性西部新乡土文学品质，打造文学赋能乡村振兴"窗口"品牌。这典型地凸显了"新时代固原作家精神"。

见证与在场的乡村书写

——读段治东《清凉山驻村笔记》

习近平总书记指出："一个时代有一个时代的文艺，一个时代有一个时代的精神。任何一个时代的经典文艺作品，都是那个时代社会生活和精神的写照，都具有那个时代的烙印和特征。"青年作家段治东的《清凉山驻村笔记》，我是读了好几遍的。每次读完耳边总会回响《马向阳下乡记》片尾曲歌词："追梦的人哪，走得那么远，看青春时光，云水般流淌，那一年你挥手，画下片蓝蓝的天，你是否还记得最初的梦田"。正如该书后记中所言：我想，还会有许多和我一样的驻村战友，在将来的某个时刻翻开这本书，回忆起这场与贫穷的决战，心里充满豪迈，然后自豪地对自己对子孙说——我曾经参加过这场战斗，这也是我们这个伟大时代的集体记忆。

前几年，段治东与我同时分别被自治区和固原市政府下派到基层担任驻村第一书记。《清凉山驻村笔记》有载：2015 年 9 月 14 日，全市组织的"两个带头人"现场观摩，由市委领导带队，三辆大巴车分别编上号，到原州区、西吉县几个乡镇观摩特色产业。而我当时也和治东一道参加这次的固原市组织的观摩活动，我们一同学习特色产业发展典型，一同吃工作餐，也一同互动交流，但那时候没有交流文学，谈的基本上都是驻村第一书记如何履行"五大员"职责的。基本是同时的任期，治东在隆德县清凉村担任第一书记，而我在原州区石庄村担任第一书记。其间，我也写过一些驻村扶贫日记和随笔。而数年后，治东的《清凉山驻村笔记》入选宁夏回族自治区党委宣传部 2021

年重点文艺作品扶持项目，公开出版后好评如潮，《光明日报》"学习强国"等媒体和平台连载和发表大量评论文章，这是对治东创作成就的充分肯定，也体现出脱贫攻坚与乡村振兴题材作品在当下是很受热捧的。

时代需要"还乡人"（郭文斌老师语），乡村需要建设者，振兴需要记录者。不论是脱贫攻坚，还是乡村振兴，作为作家的段治东始终在场，亲力亲为，勤奋创作，为广大读者上桌"五个一"的词语的盛宴。

一个人脱贫攻坚与乡村振兴的经历纪实。《清凉山驻村笔记》是段治东驻村工作生活与思考的一部纪实性作品。还在没有驻村之前，他通过一封电子邮件材料了解情况，当读到"一条清凉河从村里穿过"这么一个句子时，他想到了"小时候在葫芦河里摸鱼的情景"，"想着真正为农村，为农民做一点实实在在的事情"，一个候任驻村第一书记的情怀就这样展现在读者面前了。第一次到村上的时候，一名自治区金融机关的干部，没有坐小车，而是坐在班车上，无暇欣赏车窗外的美好风景，安静谋划到岗后的思路举措，"我是从这片黄土地远行的游子，今天又将回到这片黄土地开始生活、工作"。他"吃在村上，住在村上，与贫困村民打成一片，带领乡亲们脱贫致富，并且取得了不菲的成绩"。驻村生活也是艰苦的，"醒来的第一件事就是先看昨晚炉子里的火续住没有，抢救火苗就像打仗"，"有时候，炉子里的烟也不听使唤，或者是稍微不注意，茶水溢出茶罐，掉入炉火中，激起的炉灰和烟满屋"。甚至在一个夜晚一氧化碳中毒，"差点被煤烟打了"，从乡村回到省城"疗伤"见到儿子后，"我突然鼻子发酸，坐在床上等煤烟飘散一幕的情绪陡然涌上心头，眼泪不由自主地涌出眼眶"。更令人感动的，有时候他带着儿子驻村，父子俩一同泡方便面早餐的情景构成了一道最走心的画面。驻村的日子里，写下了他为老百姓办实事的点点滴滴。"他充分运用金融的思维和经济工作者的方法，巧妙地解决了贫困村的造血问题，让一个名不见经传的小村落大变样，成了文化旅游知名村"。清凉村总有一个身影，从银川坐火车到固原到隆德到清凉村，冰天雪地里一个人跋涉。总有一个行走的身影，一会儿在村里迈步，一会儿骑着自行车吹口哨。驻村第一书记故事多，也感人，治东所记录的驻村经历较为典型地反映了六盘大地上在脱贫攻坚一线干部的状态。

一众人脱贫攻坚与乡村振兴群像雕塑。《清凉山驻村笔记》写下了众多与清凉村发展有关的干部群众。如：传达上级文件精神的吴镇长，忠厚老实的村支书杨科，在村部架炉子的村主任黄收成，热闹的村会计李彦。"驻村干部和几个村干部，俨然是一家人，围着火炉子，漫无边际地聊着家常，也聊着几十年前的陈芝麻烂谷子"。这些可爱的村干部们，常常在村部彻夜开会谋划工作，常常进村入户，在田间地头帮老百姓干农活，为老百姓一户一策谋发展，常常在盘算着"按照人均可支配收入不变价 2315 元的标准，还有哪些人处在贫困线以下？"这些务实为民的干部"做点事心里正，没做下实事，啥时候都觉得空虚"。"小康不小康，关键看老乡"，贫困户薛有成见人就要一块钱，要去买糖吃，看到驻村干部吃早餐，用方言"哑着吃"骂人；贫苦户李老太，"我有三个儿哩，但还是没人管么"，"这个老太太命够苦的，户口、身份证办下来医保才拿上没几天，就没了"。这些农村基层干部与老百姓，形成了帮扶与被帮扶的关系，这些农村基层干部与老百姓，一起合力攻克了村里一个又一个贫中之贫、坚中之坚，最终使清凉村历史性地告别绝对贫困。《清凉山驻村笔记》鲜活地记录了在脱贫攻坚与乡村振兴进程中一众人手牵手心连心描绘美好的"清凉山"画卷的群像，这些群像保持了农村的本真状态，展现着奋进的姿势。这部作品的序言里，还写下了在不离乡不离土的情况下，开发红军寨带领乡亲们过上好日子的谢宏义。所有在农村脱贫攻坚与乡村振兴一线战斗的干部群众，都值得大书特书，都值得作家诗人们深情讴歌。

一个村庄脱贫攻坚与乡村振兴史志。《清凉山驻村笔记》讲述了六盘山下一个村庄的故事，作者用了"十二记"的体例，每记都是一个完整的故事，"十二记"故事以驻村第一书记的线索贯起来，这部村庄的故事就显得丰满而磅礴。村里的故事很有趣，比如，以前扶贫干部的工作思想状态是"不干不好意思，干点意思意思，干好你什么意思"，而现在的扶贫干部却以极度认真的态度和以百姓之心为心的情怀，给老百姓办实事办好事。比如驻村干部给老百姓代办户口，吃了闭门羹后"满肚子的理由都憋在嗓子眼，积攒了几个月的热情被一盆凉水浇灭。那一刻，我不知道自己是为不懂户口政策而脸红，还是被几句话窝回来而热血上涌，无处发作，像无头苍蝇一样到处乱撞，撞得头破血流还找不到伤口"。"新华社每日电讯刊发一篇《让扶贫干部把更多精力放在田间地头》的文章，说得很实在"，在扶贫工作方法的探索上，扶贫干部一度成为填表格的"表哥""表姐"，从事过驻村工作的人，那些场景总是历历在目。村里的老百姓也很有趣，比如，村民们眼中的"新农村，说的就是整体搬迁的这一片"。村民们也关心基层治理，他们也在谈论"第一书记和村支书哪个大？谁听谁的？"清凉村干部群众艰苦奋斗，历经艰辛，把土鸡壮大成为产业，成了全县的亮点。清凉村还落成了极富特色的"艺术家部落"，乡村文化得到有效振兴。清凉村干部群众奋力打造的"清凉模式"，终于使清凉村作为全国 12.8 万个出列贫困村中的一个，载入脱贫攻坚与乡村振兴的史册。

一个时代脱贫攻坚与乡村振兴的缩影。《清凉山驻村笔记》写道："宁夏南部以六盘山为中心，是 2013 年国务院确定的全国 14 个集中连片贫困地区之一，称为六盘山集中连片贫困地区。自我记事以来，贫困由来已久，20世纪 80 年代，国家就开始实施扶贫开发，西海固、甘肃河西走廊、定西地区一带，家家户户拉着架子车到县城关粮库盖章子，领救济粮。""三西"扶贫的各个阶段，有着不同的扶贫效应。"救济救济，越救越济。救得墙上没泥，脸上没皮，地里没驴"。作品中批判了"好吃懒做的，也啥时候都是死鸡撑不到架上"等着政府救济的等靠要思想，作品中还浓墨重彩书写了乡亲们"头比身材大（不划算），投入这么大，几年能挣回来本钱"摸着石头过河的产业发展路子坚持不懈的实践。"勤快的人，肯吃苦的人，日子早过到人前头起了。"通过长期驻村，作者对乡村的未来充满希望。"总的来看，老党员对农村满怀感恩，年轻党员对未来充满信心"。还如郭文斌老师在序言中写道："在百姓物质生活改善之后，如何提升他们的精神状态，应该是将来农村工作的重点。""放眼未来，奔跑吧少年！脱贫攻坚、乡村振兴这条新时代的长征路，需要一代接一代人奔跑、奋进！"

一种精神力量的激扬赞歌。《清凉山驻村笔记》让我们读出了"没有比人更高的山，没有比脚更长的路"。"打起精神走起路，敢打敢拼谋致富"，比如，驻村干部带着责任感与使命感地深入思考："也有对扶贫工作不能急于求成或者扶贫本身已经是个历史问题，不可能一朝一夕就能完成的认识，说明了扶贫的艰巨性"，"如何做好扶贫开发工作，这是一个更大的难题。农民土地流转之后，农民在干什么？青年人在干什么？生活来源靠什么？这样一个个问号，让本就重感冒的我，头有些疼了，只想睡一会。""可是，闭上眼睛，脑海里总是在问自己：这个贫困村，这么扶贫？"第一书记们带着问题，不是来镀金的，也不是来胡转的，在广大的农村，他们与老百姓一起探索，一起流汗流泪甚至流血。老百姓"只要没有倒下，两膀有力量，就得下苦干活，哪天干不动了再说"，这些干部群众的力量，铸就了荡气回肠的"上下同心、尽锐出战、精准务实、开拓创新、攻坚克难、不负人民"的脱贫攻坚精神，这种精神在治东的作品中通篇激荡，给读者极强的感染力。故此这部作品通篇弘扬着主旋律，传播着正能量。

习近平总书记指出："对文艺来讲，思想和价值观念是灵魂，一切表现形式都是表达一定思想和价值观念的载体。离开了一定思想和价值观念，再丰富多样的表现形式也是苍白无力的。文艺的性质决定了它必须以反映时代精神为神圣使命。"以上我关于《清凉山驻村笔记》"五个一"的表述，主要是侧重于谈其思想意义，但绝不是忽略《清凉山驻村笔记》作为一部非虚构文学作品的艺术价值。一方面，这部非虚构文学作品文采斐然。作品中的一些文字很美，富有诗意。"冬日的田地一沟一垄，显得格外静谧。远处起起伏伏的山峦、时隐时现的村庄，还有田地里码起的一堆堆玉米秆，打成捆，竖立在地里。远处的山上，残留的雪或多或少地点缀着冬日的萧条，若隐若现的雪与裸露的土地绘出一幅冬日田园水墨画"，"人常说，兔子沿山走，夜里归旧窝。且不说家乡美不美，就那一山一沟和那清冽的井水，就让多少游子魂牵梦绕地眷恋和思念着"，这样一些文字很值得我们品鉴。另一方面，"文章合为时而著，歌诗合为事而作"，笔墨当随时代，发时代之声，回应时代命题，这也是对一名作家的基本要求。脱贫攻坚与乡村振兴的伟大实践，需要我们的作家们融入第一现场，做见证者和记录者。特别是西海固作家，创作乡村题材作品有着天然优势和文化传承，在书写和反映新时代山乡巨变方面，应当更加自觉担当，承担起时代赋予的责任与使命。

相对于文学地理的虚构，"清凉山"是西海固大地、六盘山下一个真实的村庄，这个村庄因驻村第一书记段治东和一群带头人的带动和老百姓的内生动力而实现了精准脱贫，进而迈入脱贫攻坚与乡村振兴有效衔接的历史新阶段。这个村庄因成为报告文学作家段治东的"文学富矿"而有名，并同时成为地域文学版图上一处独特的存在。这让我的脑海里蹦出"作家驻村"四个字。"作家驻村"可以是多种方式的，是非常值得倡导的，这应该成为文学赋能乡村振兴的一个崭新命题。诗人单永珍，小说家李方，散文家李敏等在张撒村驻村帮扶期间，写下和发表了大量的文学作品，给张撒村注入了活力，极大地提档升级了张撒乡村文化建设，后续发酵一系列村风民俗持续向好的响应。在中国精准扶贫首倡地和脱贫攻坚样板村的湖南湘西土家族苗族自治州花垣县双龙镇十八洞村，作家彭学明5年8次深入采访，写成长篇纪实文学《人间正是艳阳天·湖南湘西十八洞的故事》。彭学明在谈到他的创作历程时说道："在这本书里，可以看到以习近平同志为核心的党中央的政策是多么的深入民心；可以看到一群基层干部是如何的尽忠职守；可以看到党对人民的情感、人民对党的情意，领袖对百姓的关心、百姓对领袖的亲情。我的每一个文字，都是骨髓里的深情。"这些都给我们以深刻的启示，作家是需要走出书斋走向农村广阔天地的，唯有如此，才会大有可为。西海固作家如果一人蹲点一个村，一人写一个村庄，以广袤的田野为书斋，在人民中间创作，把激情与诗行发表在大地上，那将是多么壮观的文学赋能乡村振兴气象。

作家创作，必须走入生活、贴近人民；作家创作，必须胸中有大义、心里有人民、肩头有责任、笔下有乾坤。《清凉山驻村笔记》高扬着文学的现实主义旗帜，把笔触伸向火热的现实生活，以在场者见证者记录者的视角，纪实性原生态艺术化反映了其本人在清凉山驻村期间的人和事，在锻造自身筋骨的同时，凸显了作品的骨气个性神采。《清凉山驻村笔记》这部作品，必将为六盘大地新时代乡村振兴，特别是乡村文化振兴提供参考和启发，也必将为我们本土作家诗人们的创作方向提供有益的借鉴。